花伏せて

江戸の闇風 二

山本巧次

幻冬舎時代小説文庫

花伏せて

江戸の闇風　二

目次

第一章

一

通りの方から吹いてきた風が、軒先の風鈴を軽く鳴らした。

「ほう。風流な音色でございますな」

常磐津の稽古を終えて、お沙夜《さよ》の向かいで茶を啜《すす》っていた初老の男が、軒先に目を向けて言った。

「まあ房州屋《ぼうしゅうや》さん、風流とは大層なお褒《ほ》めの御言葉。あの澄んだ音色は、いささか気に入っております」

お沙夜が微笑んで応じると、海産物問屋房州屋の主人、庄之助《しょうのすけ》は目を細めた。

「左様でございますか。爽やかにして凜とした響き、いかにも文字菊《もじぎく》師匠にふさわしい、美しき音《ね》でございますな」

「お上手ですこと。私もこの音色ほど涼やかに、と思うております」

常磐津の師匠、文字菊ことお沙夜は、おもねるような房州屋の台詞をさらりと受け流した。少し年増の二十四、五で、迦陵頻伽《かりょうびんが》の歌声と小野小町《おののこまち》の美貌を併せ持つと噂のお沙夜のもとへは、弟子入り志願者が絶えない。房州屋のように金と暇のある大店の主人やご隠居たちが幾人も、この神田仲町《かんだなかちょう》の長屋へと足繁く通っていた。

お沙夜を口説こうとする旦那衆は次々と現れるが、いずれも軽くかわされる。振った振られたは男女の常、旦那衆もそんな駆引きを楽しんでいるような風情であった。金の力で強引にものにしよう、などと考える輩《やから》は現れない。そんな無粋なことをすれば、忽《たちま》ち江戸中の大店から顰蹙《ひんしゅく》を買い、商売が立ち行かなくなってしまうのである。

房州屋庄之助は、お沙夜の言葉を受けて「師匠のお唄こそ、誠に涼やかでございますとも」と微笑を返し、一歩引いた。今日は攻め時にあらず、と承知したようだ。

「ありがとうございます。お疲れ様でございました。お店に戻られましたら、二節目の辺りを少しおさらいしてみて下さいませ」

お沙夜が微笑みを浮かべたまま告げると、去り頃と察した房州屋が頭を下げた。

「はい、そのようにいたします。本日はありがとうございました」

立ち上がりかけた房州屋に、お沙夜はふと思い出して声をかけた。

「そう言えば、河津屋《かわづや》の大旦那様は、近頃どんなご様子でしょう。しばらくお顔を出されていないのですが」

「は？　河津屋の正市《まさいち》さんですか」

房州屋の額に、微《かす》かに皺が寄った。そのまま、黙って小首を傾《かし》げる。何かありそうだ。お沙夜は房州屋の目をじっと覗《のぞ》き込んだ。

お沙夜に見つめられていささかも動じない、という男は少ない。房州屋も落ち着かなげに目を瞬《しばた》いたが、すぐに小さく溜息をつくと、声を落として話し出した。

「実は、商いの方で何か差し障《さわ》りが起きたようです。確かなことは申せませんが」

「え、そうなのですか。それは心配ですね」

河津屋は房州屋と同じく海産物問屋で、来年六十になる正市は五年前に倅《せがれ》に店を継がせて悠々自適となり、去年からお沙夜のもとに通っていた。それが先月の初めから、稽古の途中というのにぱったり姿を見せなくなっていたのである。

「差し障りと申しますと……」

「ここだけの話ですが、大きな借金を抱えられたようで」

「借金ですか。それでは、お店の方は……」

「商いはこれまで通り続けておられますが、その、掛売りを渋る相手方が出てきましたようです。それで同業の手前どもも、少なからず心配はしておるのですが」

「そんなことになっていたのですか」

お沙夜は眉をひそめた。取引相手が掛売りを拒めば、現金での売買しかできなくなり、店の金繰りは一気に苦しくなる。河津屋のような大店の信用がそんなに落ちているというなら、借金は相当な額なのだろう。

「いったい、どうしてそんな借金をなすったのでしょう」

「それは、手前どもにもはっきりしたことは。申し上げられるのはこのくらいで」

房州屋は、言葉を濁した。噂ぐらいは摑《つか》んでいるだろうが、よその店の話を、確たる証しもなくお沙夜に喋るわけにもいくまい。

「これは失礼をいたしました。お話しいただき、ありがとうございました」

これ以上聞けば房州屋を困らせるだけだ。お沙夜は話をやめ、房州屋を丁重に送り出した。

　障子を閉め、八畳二間の長屋の奥に座ると、お沙夜は思案を巡らせた。河津屋は四代続いている老舗で、隠居の正市も、その倅で今の主人の且市《かついち》も、山っ気のある人物ではない。大金を借りて大博打に出るようなことは、やらないはずだ。

(手堅い商いに思わぬことが起こって大損でもしたか。大金を盗まれたか。同業の房州屋さんにも詳しいことがわからない、というのは気になるねえ)

　何があったのか、ここで考えていてもわからない。お沙夜は三味線を引き寄せ、膝に載せて構えた。胴かけに右腕を置き、撥《ばち》を三の糸に当て、一呼吸置く。目を正面に向け、気が定まってから、流れるような撥さばきで糸を弾《はじ》き始めた。

「新玉のォ　年の三歳を待ち侘《わ》びて　待たるる顔に待つ顔をォ　合わせ鏡の蒲団さへ　色でもてるか四つ手籠……」

　玉を転がす唄声が、長屋に響き渡る。表の往来では、声を耳にして思わず足を止める人も居るだろうか……。

「姐さん、お邪魔しやす」

そう声がかかり、表の障子が開けられた。顔を出したのは、三十くらいの端整な顔立ちの職人風の男。隣に住む指物師《さしもの》、彦次郎《ひこじろう》だ。

「『戻籠《もどりかご》』、ですかい。相変わらず、ふるいつきたくなるほどのお声ですねえ」

「なんだ彦さんか。せっかくいい調子だったのに」

お沙夜は三味線を置き、彦次郎に入れと手招きした。

「で、何だい。河津屋のことかい」

お沙夜は真顔になって、彦次郎に鋭い目を向けた。彦次郎が頷《うなず》く。

「房州屋さんとの話、聞こえてたんだね」

「へい。河津屋の借金のことですが、房州屋の言った通りでさぁ」

「へえ。あんたの耳にも入ってるの」

彦次郎がしたり顔になった。

「蛇の道は、ってやつで」

彦次郎の表の顔は指物師だが、江戸中に様々な伝手《つて》を持っており、仕事に使えそうなネタを日頃から幾つも貯め込んでいる。河津屋の噂も、その網に引っ掛かっていたようだ。

「幾らだい」

「三千両」

　ふうん、とお沙夜は首を傾げた。

「大金だね。けど、いきなり河津屋が潰れるほどじゃあない。房州屋さんの話じゃ、掛売りを渋られるぐらい信用を疑われてるようだけど、他に何かあるの」

「それなんですがね、どうも噂じゃ、詐欺まがいの話に手を出したらしくって」

「詐欺？　河津屋さんは、軽々に騙《だま》されるようなお人じゃないと思うんだけど」

「誰しもそう思ってたところへ、騙されたって話ですから。もしや河津屋さんは、思うほど手堅い商いをしてなかったんじゃねえか、なんて皆が囁《ささや》き合っているようでして」

「はあ、それで信用が下がっちまった、ってわけかい」

　どうもそうらしいですね、と彦次郎は肩を竦《すく》めた。

「いったいどんな詐欺なんだい」

「そいつは、はっきりしねえんですが」

　詐欺の中身までは噂として流れていない、ということか。

「姐さん、どうしやす。ちょいとつついてみやすか」

興味を引かれたお沙夜の目付きを見て、彦次郎が言った。お沙夜は少し考えてから、軽く二、三度頷いた。

「役に立つかどうかわからないけど、詐欺ってのは気になるよね。調べておくれな」

「承知しやした」

彦次郎は短く返事して、すぐさま出て行った。

(詐欺か……)

お沙夜は立ち上がって裏の縁側へ歩きながら、頭の中でその言葉を繰り返した。大店を嵌《は》めるなら、それなりの仕掛けが要《い》るだろう。いったいどこのどいつが仕掛けたのか。

「本当に詐欺で嵌めた奴が居るなら、放っておけないね」

お沙夜は小さく声に出して呟き、吊るした風鈴にふっと息を吹きかけた。短冊が揺れ、風鈴がちりんと鳴った。

河津屋の店は永代橋《えいたいばし》の近く、日本橋川《にほんばしがわ》に沿った北新堀町《きたしんぼりちょう》にあった。酒問屋や醬油問屋が多く軒を連ねる界隈《かいわい》だ。お沙夜は日本橋近くに用事で出かけた折、足を延ばして様子を見に行った。

遠目には、河津屋は普段と変わらないように見えた。が、傍《そば》まで来てみると、どうも店に活気がない。両隣の店に比べて、出入りが少ないのだ。店の前を通り過ぎざま、中を覗いてみると、帳場の番頭も俯《うつむ》き加減で、商談が行われている気配もない。

通りに目を戻すと、風呂敷包みを背負った若い男が小網町《こあみちょう》の方から歩いて来て、河津屋に入った。河津屋の手代らしいが、その顔つきはいかにも暗かった。商談がうまくいかなかったのだろう。

お沙夜は何気ない風でそのまま歩き続け、永代橋を渡った。そこから大川《おおかわ》沿いに北へ上り、両国橋《りょうごくばし》を渡って神田に戻るつもりだった。今見た限り、河津屋の商いが行き詰りかけているとの噂は、的外れではないようだ。さて、彦次郎はどんな話を持って帰るだろうか。

二

彦次郎が話しに来たのは、翌日の夕方だった。

「伊豆《いず》の網元でしたよ」

開口一番、そう言った。海産物問屋と網元。なるほど、繋《つな》がってはいるが。

「網元と三千両、どう関わるんだい」

いくら何でも、網元一軒に三千両もの大金が絡むとは思えない。

「伊豆の幾つかの村の網元で寄合を作って、採れたものをまとめて干物やなんぞにして、雇った大船で直《じか》に江戸へ運ぶ。河津屋さんは江戸でそれを仕切る。簡単に言うと、そんなことだったようで」

へえ、とお沙夜は少なからず感心した。伊豆の何カ村かの網元をまとめ、その水揚げの内で海産物問屋で扱うものを一手に仕入れる道がつけば、相当な利になる。河津屋がその元締めとなれば、江戸の同業の中でも群を抜く立場になるのではないか。

「なかなか頭のいい話じゃないか。けど、そううまく運ぶのかね。江戸の海産物問屋仲間が、そんな抜け駆けみたいなことを黙って見てるかい」

「そこなんですがね。伊豆でこのやり方がうまくいきゃあ、続いて房州や相州《そうしゅう》で同じようなことをやる。土地ごとに、江戸の方で仕切る幹事役の店をそれぞれ決める。或いは、持ち回りにする。そういう話で、根回しを始めていたようです」

「えっ、房州から伊豆まで、全部？」

「話が進めば、駿河《するが》も遠州《えんしゅう》も」

「そりゃあまた、ずいぶんな大風呂敷だねえ。で、海産物問屋仲間の旦那衆は、話に乗ったのかい」

「まあ、半信半疑、ってとこですかねえ。新しくて大きな話にゃ、古い大店ほど二の足を踏みやすからね。でも、何軒かはいい話じゃないかと思ったようで」

商いを大きくしたいと機会を窺《うかが》っている店なら、あわよくば、と考えるだろう。河津屋自身が、そうだったわけだ。しかし、三千両が返せなくなっているとすると……。

「河津屋さんは、どこでしくじったのさ」

「へい。番頭が話を詰めようと伊豆へ出向いてみたら、網元連中の間じゃ、全然話がまとまってなかったそうで。確かにそういう話をしに来た奴は居るが、賛同するって返事をした覚えはねえ、ってんですよ。驚いた番頭が江戸へ取って返し、河津屋の旦那が話を持ち込んだ奴のところへ怒鳴り込もうとしたら、そいつはとっくの昔に消えちまってた、ってわけで」

「何者なの」

「小田原《おだわら》藩の御用商人、ってことですが、眉唾ですねえ」

「河津屋さんは、何だってそんな奴を信用したんだろう」

「堀江町《ほりえちよう》の町名主、間島新左エ門《まじましんざもん》をご存知ですかい」

「間島？　ああ、名前は知ってるよ」

町名主は、江戸町人の大元締め、町年寄の下で各町の公事や揉め事の差配をする役割だ。ずっと昔は各町に一人ずつ居たが、今では五町から十町ほどを一人の名主が扱うのが普通で、間島新左エ門も界隈の七町ほどの支配を任されているはずだった。

「でも、町名主が何で出てくるんだい」

「その怪しげな男、新左エ門の紹介だったようで。間島家の縁者が小田原に居るってのは、界隈じゃよく知られた話なんですが、その縁者の文を持って訪ねてきたらしいんですよ。知り合いの海産物問屋を紹介してくれってね。それで新左エ門は、河津屋に話を繋いだんです」

「その縁者の文、ってのは偽物だったわけだね」

「さすが姐さん、その通りでさあ。河津屋にねじ込まれて事の次第がわかったときにゃ、後の祭り。野郎は小田原へ帰ると言って、ほんの二、三日前に出て行ったところだったんですよ」

だいぶ読めてきた。小田原から来た男は、最初《はな》っから詐欺を企んでいたに違いない。狙いはどの海産物問屋でも良かったのだろう。運悪く釣り針にかかったのが、河津屋だったというわけだ。たぶん房州屋も、この話を聞いて乗りかけたのではないか。それなら、昨日言葉を濁していたのもわかる。

「三千両、どう言って出させたんだろう」

「その辺は、確かなことは言えやせんが、網元の寄合を作る段取りや、まとめて干物なんぞを作る仕事場、船の調達、その他いろいろと理由をつけたみたいですねえ」

「伊豆の役人への鼻薬も、ってとこかな」

彦次郎は、黙って肩を竦めた。

「三千両は、借金だったね。なら、自分の蔵からもう千両くらいは出してるかもしれないねえ」

全部で四千両、あるいは五千両。お沙夜は首を傾げた。いくら町名主の紹介と言っても、それほどの大金を初見の男に預けてしまうとは、脇が甘すぎるのではないか。

「いったいどこの両替屋が貸したんだい」

ここで初めて、彦次郎が困惑顔になった。

「それが、両替屋じゃねえようで。誰が貸したか、今一つはっきりしねえんですよ」

「はっきりしないって……三千両だよ。誰かわからない相手から借りたってことはないだろう。相手が内緒にしてくれって言ったのかね」

「そんなことだろうとは思うんですが」

妙な話だ。しかし、彦次郎が聞き回ってもわからないとなれば、河津屋の主人か隠居の正市、もしくは番頭にでも直に聞くしかあるまい。そこまで首を突っ込むべきかどうか、とは思ったが、どうにも気になった。

「わかった。短い間に、よく調べてくれたね。三千両のことは、私が正市さんに聞いてみるよ」

「恐れ入りやす。じゃ、あっしはこれで」

彦次郎はお沙夜に軽く頷き、立ち上がって戸口から出て行った。

お沙夜は座敷に座って団扇《うちわ》を使いながら、彦次郎の話について考えた。三千両は、河津屋を嵌めた小田原の男が、懐に入れたのだろうか。いや、そいつは手先の一人で、絵図を描いた奴が後ろに居るのだろう。それよりも、三千両を貸したのが誰かわからない、というのが気にかかる。

(明日か明後日《あさって》、正市さんを訪ねてみよう)

お沙夜はそう決めると、三味線を引き寄せてまた「戻籠」を一節、唄った。もう四半刻《しはんとき》もすれば、弟子の一人が稽古に来るはずだ。

翌日にはちょっとした野暮用が入ったので、河津屋へ出向いたのはその次の日だった。だが、北新堀町に入るなり、お沙夜はその遅れを後悔した。

河津屋の店は、昼日中というのに戸が閉め切られ、その前に何人かの人だかりができていた。嫌な予感に襲われ、お沙夜は店先に駆け寄った。

「もし、河津屋さんはいったいどうなすったんですか」

店の前に居た一人を掴まえて、尋ねた。商家の手代風の男は、いかにも残念そうに答えた。

「掛け取りに来てみたら、この有様なんですよ。夜逃げらしいです。こうなるとわかってたら、うちも現金払いにしてもらったんですが」

今日は十日。支払日だったのだ。ここに集まっている人たちは皆、掛け取りだろう。金繰りがつかなくなった河津屋は、昨夜のうちに店を出たらしい。

「まあ、何てことでしょう……」

言いかけたところで、店の裏から八丁堀《はっちょうぼり》同心が出てくるのが目に入った。顔馴染みの男だ。

「山野辺《やまのべ》様！　山野辺様」

呼ばわると、その同心はこちらを向き、頰を緩めた。

「おう、お沙夜さんじゃねえか。こんなところへ、どうしたんだい」

笑みを浮かべてこちらに寄ってくるのに、お沙夜は丁寧に一礼した。

「河津屋の正市さんは、常磐津の稽古にいらしてたんです。近頃お姿をお見せにならないので、どうされたかと思って来てみましたら、こんなことに」

「あ、そうか。ご隠居はお沙夜さんの弟子だったな」

山野辺は、気の毒だなと言うように頷いて見せた。山野辺市之介《いちのすけ》は北町奉行所の定廻り同心で、二十五になるが独り身だ。お沙夜に気があることを隠そうともしないので、お沙夜はそれをうまく使って、度々大事な話を聞き出していた。今日ここで会ったのは、運がいいと言うべきだろう。

「本当に、夜逃げなんですか」

「ああ。裏へ回ってみたが、人気《ひとけ》はねえ。蔵の錠前も、開いたままだ。中はまだ見てねえが、金目のものはほとんどねえだろう」

「山野辺様は、河津屋さんをよくご存知だったんですか」

「うん。つまらねえ話だが、河津屋の一家は代々名前に市の字を使ってて、ご隠居の弟は、俺と同じ市之介って名なんだ。そんな縁で出入りはしてたんだが」

名前が縁のつながりか。それで山野辺が河津屋と親しかったなら、三千両のことも聞いているのではないか。

「河津屋さんは、大きな借財があったと噂に聞いていたのですが、やはりそのせいでしょうか」

「どうもそのようだ。三千両くらいはあったらしい」

「どうしてそれほどの借金を……」

八丁堀は、河津屋が引っ掛かった詐欺の話を摑んでいるのだろうか。山野辺は眉《み》間《けん》に皺を寄せ、「こっちへ」とお沙夜を隣の酒問屋の脇に誘《いざな》った。河津屋の前の掛け取りや酒問屋の店の者が、怪訝《けげん》な顔でこちらを見ているのが気になる。山野辺は十手で、その視線を払った。

「実は、誰かに嵌められたって噂が出てる。詐欺か何かにやられたらしいんだ。近々、当主の且市に話を聞こうと思ってた矢先にこれだ。後手に回っちまった」

山野辺は口惜しそうに言った。八丁堀の耳にも、幾らかの話は入っていたようだ。

「まあ、詐欺なんてひどい。誰がそんなことを」

「それはわからねえ。詳しいことを聞く前だったからな」

「三千両もの大金が絡んでいたら、よほど確かな人でなければ河津屋さんも信用なさらないと思うのですけど」

「そりゃあ、お沙夜さんの言う通りだ。だが、今のところは誰が絡んでいるのか……」

　奉行所は、小田原の男のことも紹介した新左エ門のことも、まだ知らないらしい。山野辺は小難しい顔になって、腕組みした。

「そうだな。詐欺なら、河津屋と近い誰かが一枚嚙《か》んでるってことはありそうだ。その辺を調べてみるか」

　いかにも自分が思い付いたかのように、山野辺が言った。お沙夜は微笑みを向けた。

「さすがは山野辺様ですね。河津屋さんの周りに悪い奴が居るなら、きっとお縄にして下さいまし」

「おう、任せといてくれ。こいつが本当に詐欺なら、相当に大掛かりなものに違いねえ。放っちゃおけねえや」

すっかりその気になった山野辺を、お沙夜は「頼りにしてますよ」とばかりに見つめた。

お沙夜が意気の上がった山野辺と共に表に戻ると、河津屋の前が何やら騒がしい。どうやら、誰かが店に入ろうとしているようだ。

「おいおい、ちょっと待て。何をしてるんだ」

呼び止められたのは、四十五、六と見える恰幅のいい男だった。紋付羽織を着て、いかにも裕福な大店の主人《あるじ》然としている。脇に、番頭らしいのを従えていた。

「あ、これは八丁堀のお役人様。お役目ご苦労様でございます」

恰幅のいい男は、丁重に腰を折った。

「俺は北町の山野辺だが、お前さんは誰だ。ここの縁者かい」

「はい、手前は日本橋通りの南四丁目で菓子屋を営んでおります、一文字屋《いちもんじや》惣兵衛《そうべえ》と申します」

「日本橋南の一文字屋？　それがいったい、何の用なんだ」

一文字屋はお沙夜も知っている。江戸では名の知れた菓子舗だった。主人の惣兵衛を見るのは初めてだが、河津屋に縁があったとは聞いていない。

「はい、手前は河津屋さんに大金をお貸ししておりましたのですが、店が閉まっていると聞き、様子を見に参りましたので」

見物している人々の間で、ざわめきが起きた。

「大金って、幾らだ」

山野辺がはっきり聞くと、惣兵衛は困った顔をした。

「山野辺様、ここでは何ですから、中の方へ」

惣兵衛は河津屋の店を手で示した。山野辺は目を怒らせた。

「お前さん、勝手に河津屋に入る気かい」

「いえ、大丈夫です。ささ、どうぞ」

惣兵衛は、傍《かたわ》らの番頭に命じて店の脇の潜り戸を開けさせた。山野辺は渋い顔をしたが、惣兵衛の言うままに中へと入った。見物している連中が好奇の目で見ている中、惣兵衛も続いて中に入り、戸を閉めた。

お沙夜も一緒に入りたいところだったが、山野辺の知り合いとは言え、そこまではできないし、ここでこれ以上目立ちたくもない。ここで待って、山野辺から話を聞くしかなさそうだ。周囲に居た連中は、このままここに居ても売掛金が戻ることはない、と見切りをつけたか、ぱらぱらと立ち去り始めた。

半刻近く経って、お沙夜がしびれを切らしかけた頃、ようやく山野辺たちが出てきた。もう他に見物している者は残っていない。惣兵衛と番頭は店の前に出ると、

「それでは失礼をいたします」と一礼し、悠然と去って行った。

「山野辺様、どうなりましたか」

お沙夜が傍に寄って声をかけると、山野辺は驚いたように振り向いた。

「あれ、お沙夜さん、まだ居たのか」

「ええ、どうにも河津屋さんのことが気になりまして」

「そうか。お沙夜さんも義理堅いねえ。よし、その辺で一服しながら話そう」

山野辺は先に立ち、日本橋の方へ向かって歩き出した。ついて行くと、小網町の鎧ノ渡《よろいのわたし》まで来て、渡し場のすぐ傍にある茶店に入った。馴染みの店らしく、初老の女将《おかみ》が山野辺の顔を見て、すぐに奥へと案内した。

「一文字屋だが、奴が言うには、河津屋に三千両貸していたらしい」

女将が茶を置いて引っ込んでから、山野辺が話し始めた。

「えっ、御菓子屋がそんな大金を貸すんですか」

「堀江の町名主で間島新左エ門ってのが居るんだが、そこに頼まれたんだそうだ。昔世話になった義理があるとかで、今までにも何度か、その新左エ門に頼まれて金を融通したことがあるんだと」

「河津屋さんに、何度も？」

「いや、貸した相手はその都度違うらしい。今回は、河津屋に話を聞いて儲かりそうな話だと思い、貸すことにしたと言ってる。なのに思惑が外れちまった、てぇことだな」

ならば、小田原の男が持ってきた網元云々《うんぬん》の話を、惣兵衛も聞いていたわけだ。

「本当に儲かりそうな話だったんでしょうか」

「商いのことになると、俺にも確かなことはわからねえが、伊豆かどこかの網元を束ねて、海産物をごっそり仕入れるとかいう話だったようだ」

「それって、さっき山野辺様がおっしゃってた詐欺なんですか」

「だろうな。俺が聞いても、悪くない話のように思えた。こいつを仕組んだのは、相当に頭のいい野郎だな」

「まあ。そんな人たちに好きに仕事をされたら、また誰かが河津屋さんみたいに騙されてしまいますよ」

お沙夜が心配そうな顔を作って煽《あお》ると、山野辺は重々しく頷いた。

「その通りだ。こいつは、きっちりお縄にしなきゃならねえ。新左エ門に聞きゃあ、ある程度の目鼻はつくだろう。心配せずに見ててくれ」

「はい。山野辺様、お願いいたします」

お沙夜は期待していますという目をして見せた。が、目とは裏腹に、一筋縄ではいくまいと思っていた。山野辺も認めたように、この相手は相当巧妙に立ち回っている。

「それで河津屋さんの店は、一文字屋さんのものになるんでしょうか」

「ああ、店を担保にしてたからな。だが、一文字屋が海産物問屋をやるわけにもいかねえだろうし、あの辺りに菓子屋を出しても、はやらねえだろうな。そっくり売るとしても、三千両にはなるめえ。一文字屋も、がっくりしてたよ」

一文字屋の見通しが甘かった、ということなのか。お沙夜は少し考えたが、どうもしっくりこない気がした。

三

次に彦次郎が話に来たのは、四日ほど後のことだった。

「新左エ門と一文字屋について、ちょいと探ってみやしたよ」

「そうかい。ご苦労だったね」

お沙夜は目を細めた。はっきり指図をしなくとも、彦次郎はやるべきことを心得ている。ここ二、三日、夜遅くまで出かけていたのは、このためだったようだ。

「新左エ門の評判は、どうなの」

「まあ、それなりに町の者の面倒は見てるようですね。町名主としちゃ、可もなく不可もなし、ってとこですか。でも、金には細かいらしいですよ」

「何か商売はやってないのかい」

町名主には給金が出るが、きちんと役目を果たせば出費も多くなり、とても算盤《そろばん》が合わない。別に生業を持っているのが普通だ。

「幾つか持ってる長屋からの店賃がありやすが、大きな商売はしてやせんね。かと言って、金に困っている風でもないようで」

金に細かいから、稼ぎがそれほどでなくてもやっていけるのだろうか。

「小田原の男とつるんでた、ってことはないんだね」

「三千両ですからねえ。ないとは言い切れねえが、急に大金を手にした様子もねえんで、何とも言えやせん。当人は、自分が騙されたために河津屋さんには申し訳ないことをした、って周りの者に嘆いてるようですが」

それを額面通りに受け止めていいのかどうかは、今のところ何とも言えまい。

「一文字屋の方は」

「そっちは新左エ門なんかと違って、商い上手のようです。昔から日本橋通りに面したいい場所に店を構えてやすが、今の惣兵衛の代になって、店の大きさも倍ほどになってやす」

「何かで一発当てたのかな」

「それがね、ちょっと面白いんですが」

彦次郎は、思わせぶりに言った。

「何だい、面白いって」

「もともと一文字屋の隣には本屋があったんですがね。商売にしくじって、隣のよしみで一文字屋から金を借りたそうなんです。それが返せなくなって、本屋の店は一文字屋のものに。で、一文字屋はその建物をくっつけて、店を広げたってわけなんで」

お沙夜は眉を上げた。

「それって……」

「そうです。河津屋の一件と、似てるでしょう」

「まさか、本屋も詐欺に」

これには彦次郎もかぶりを振った。

「いえ、相場に手を出しちまったみたいです。その辺に怪しいところはなさそうですが」

「ははあ。一文字屋がそれで味をしめたんじゃないかって、そう思うんだね」

彦次郎がニヤリとする。

「一文字屋は今までにも度々、金を貸しているようです。表が菓子屋、裏が金貸しってわけで」

「菓子屋に貸し屋か。洒落《しゃれ》みたいだね」

お沙夜は、ふん、と鼻で嗤《わら》った。

「金貸しは、儲かってるのかい」

「もしかすると、表の商売より儲けてるかもしれやせんね。ま、こいつは噂だけですが」

「でも、河津屋さんのことじゃ、店を手に入れて売っても、三千両は取り戻せないって話のようだけど」

「そりゃあ、貸し倒れになることだって時にはあるでしょうよ」

お沙夜はここで首を捻《ひね》る。

「ねえ彦さん、一文字屋は新左エ門に頼まれて金を貸したと言ってるんだよ」

「そのようですね」

「もしかして、新左エ門と一文字屋と、小田原の男がつるんでたとしたら、どうだい」

「ふうむ」

彦次郎は腕組みをした。

「もしそうなら、三千両は丸々残った上に河津屋をそっくり手に入れたことになる。大した儲けです。でも、そこまで大掛かりなことをしやすかね」

「もっと大掛かりなことをやる奴が、他にもちゃんと居るじゃないの」

　お沙夜が悪戯《いたずら》っぽく笑うと、彦次郎は苦笑した。

「違《ちげ》えねえ。じゃ、姐さんは三人がつるんだ仕掛けだと思うんですね」

「そういうことも、あるかもしれないってだけよ」

「なるほど。承知しやした。もうちょい、探りを入れやしょう」

「頼んだよ」

　彦次郎が出て行くと、お沙夜は一人で笑みを浮かべた。もし睨《にら》んだ通りなら、一文字屋たちの上前をはねてやろう。うまくいけば、まさに濡《ぬ》れ手で粟《あわ》だ。

　それから三日ほど経った昼下がり、お沙夜は本所《ほんじょ》の竪川《たてかわ》沿いの通りを一人で歩いていた。ちょっとした用事で、常磐津仲間の元芸者の家を訪ねた帰りである。本所を東西に走る大通りであるこの道筋は、常に行き交う人々や車馬で賑わっていた。

　両国橋へと向かい、相生町《あいおいちょう》の二丁目まで来たところで、馴染みの顔に出くわした。

その相手は、通りに面した料理屋の暖簾《のれん》をくぐり、表に出てきたところだった。

「あれ、鏑木《かぶらぎ》さん。こんなところで」

声をかけられたその相手、鏑木左内《さない》は、驚いたようにちょっと眉を上げた。

「やあ、お沙夜さんか。この辺に用事かい」

「ええ、ちょっと知り合いのところへ。鏑木さんはここで昼餉《ひるげ》ですか。相変わらず羽振りが良さそうですねえ」

左内は長屋暮らしの浪人で、お沙夜のすぐ近所に一人住まいしている。三十過ぎのなかなかに精悍《せいかん》な男ぶりで、実際に腕も立つことから、あちこちで用心棒や揉め事の仲裁などを引き受け、お沙夜に揶揄《やゆ》されるように懐具合は悪くなかった。

「いやいや、別に贅沢してるってわけじゃねえぜ」

そう言って手を振る左内の後ろで、この店の女将らしい女がお沙夜に気付いて頭を下げた。年は三十ぐらいだろうか。稀に見る美人だ。

「ははあ」

女将に一礼を返してから、お沙夜は訳知り顔に左内に頷いてみせた。

「そういうことですか。隅に置けませんねえ」

「えっ。おいおい、何を言い出すんだ。そういうんじゃないって」

左内は慌ててお沙夜に歩み寄り、耳元に囁いた。

「お葉《よう》さんには、ちゃんとご亭主が居るんだ。ここの旦那の永太郎《えいたろう》ってんだが、いい料理人でな。俺はその料理が気に入って、時々来てるんだよ。夜は高いから、できるだけ昼間にな」

「あー、へえ、そうなんですか」

お沙夜は半信半疑でお葉という女将に目をやる。お葉は愛想よく微笑んでいる。

「はいはい、わかりました。でも、一人で料理屋ってのも野暮でしょう。次は私も連れてきて下さいな」

「ああ、ああ、わかったよ」

「鏑木さん、ここからお帰りなんですよね。じゃ、ご一緒に参りましょう」

お沙夜は左内を促し、お葉にもう一度にこやかに礼をして、その場を去った。お葉は、「また是非お寄り下さいませ」と挨拶してから暖簾の向こうに引っ込んだ。暖簾には、菊の花の紋様と「菊乃家《きくのや》」の文字が白く染め抜かれている。お沙夜たちと入れ替わるように、三人連れの商人風の客が店に入っていった。

「何かご縁があって、あのお店に？」

　菊乃家から十間ばかり離れてから、お沙夜が聞いた。左内が肩を竦める。

「縁ってほどじゃないが、二月《ふたつき》ほど前に菊乃家の表で喧嘩を始めた奴らが居てな。お葉さんが止められずに困ってたんで、俺がちょっと手を貸した」

　つまり、喧嘩をしていた奴らを叩き出した、ということだろう。

「ふうん。そしたらあの綺麗な年増の女将さんに、是非御礼に一席、と言われて、鼻の下を伸ばして上がり込み、箸をつけてみると料理が絶品だった、それで通い始めた、とまあ、こんなとこですか」

「見てきたように言うなあ。だがまあ、そんなところだ。鼻の下云々は余計だが」

「回向院《えこういん》に近くて人通りも多いこの場所で、料理人の腕がいいなら、あの店はとっても繁盛してるんでしょうね」

「そうなんだ。実は、今日はちょっと相談も受けてな。もう一軒店を出す、という話を考えてるんだそうだ」

「へえ、二軒目のお店を。どこへです」

「池之端《いけのはた》だ。今の店の倍ぐらいの大きさなんで、だいぶ迷ったようでな」

倍の大きさとは、強気の勝負に出たものだ。

「それだけのお金があるってことなんですね」

「いや、無論借金することになる。だから簡単に決められないのさ」

「どのくらい借りるんです」

「聞いた話じゃ、千五百両だな」

「千五百……ですか」

今の菊乃家の店構えからすると、相当重い借金になりそうに思えた。池之端の店は、間違いなくその額を取り戻せるほど稼げるのだろうか。

「池之端に思惑通りに客を集められるか、って心配は当然あるが」

左内が、先回りするように言った。

「永太郎の料理人としての腕は間違いねえ。永太郎も、それを承知してる。自信があるんだな。だから、ここが勝負時と考えるなら、思い切ってやってみるのも人生じゃねえか、って言ってやったんだ」

「あらま、煽っちゃったんですか」

「煽ったとは、人聞きの悪い。俺はただ、男として勝負しなきゃならんときもあるということをだな……」

「それが要するに、煽ってるんですよ。お葉さんはどう言ってます」

「お葉さんは、亭主が決めたんならひたすらついて行く、そういう人だ」

「まあ羨《うらや》ましい。それだけ旦那に惚《ほ》れてるってわけですね」

「あんたが羨ましがることはないだろう。倅の方は、ちょっと心配してたが」

「倅さんが居るんですね」

「永助《えいすけ》といって、今年十六だ。今は親父に包丁を教わりながら、帳場を手伝ってる」

「ちゃんとした跡継ぎが居るなら、その永助さんのためにも店を大きくしたい、って思いはあるでしょうねえ」

「ああ、そうだな。俺はうまくいく、と信じておく」

左内が信じる通りに事が運べば、菊乃家は万々歳だが。

「池之端のお店って、永太郎さんが見つけたんですか」

「いや、俺と同じように菊乃家を気に入ったお人が、話を持ち込んだようだ」

「信用のおける人なんですね」

「そうらしい。でなきゃ永太郎も、こんな大きな話には乗らんだろう」

もっともな話だ。左内を始め、そんな人たちに気に入られた菊乃家の永太郎は、やはり大した料理人なのだろう。これは是非とも味わいに行ってみなければ。お沙夜は舌が疼《うず》いてくるような気がした。


日本橋通り南四丁目の一文字屋は、いつ見ても客が絶えることがない。近所の人々からそう言われていたが、お沙夜がぶらりと訪れたこの日も、間口十五間の店先には五組の客が居て、箱に並べて出された菓子の品定めをしていた。

「いらっしゃいまし」

お沙夜が通りから店に足を向けた途端、表に立っていた丁稚《でっち》がすかさず声をかけた。お沙夜は微笑みを返し、ほんの少し腰をかがめると、優美な手つきで暖簾を分けた。

「おいでなさいませ。こちらへどうぞ」

先客の相手をしていた手代がお沙夜に気付き、満面に愛想笑いを浮かべた。お沙夜は、お邪魔しますとにこやかに応じ、板敷きに腰を下ろした。

「本日はどのようなものをお探しでございましょう。只今、手前どもではこの葛饅《くずまん》頭《じゅう》をお薦めしております。これは今年の新作でございまして、常とは違い京風に仕上げましたもので……」

手代は、立て板に水の如く口上を述べる。その目はお沙夜の美貌に釘付けで、放り出された形の先客は不満顔だ。

「一つお試しになりますか」

手代は、小さく切って小皿に載せた葛饅頭を差し出した。お沙夜は礼を言い、添えられた楊枝で口に運ぶ。寒天のような葛生地のつるりとした食感、中にくるまれた餡《あん》の甘味が、しっとりと口の中を満たす。

「ああ、美味《おい》しい。夏場には、ぴったりですね」

手代は、お気に召しましたか、と嬉《うれ》し気に頷く。

「こちらをいただきましょう。六つ、包んで下さいな」

「かしこまりました。ありがとうございます」

手代は奥に下がり、箱に入った葛饅頭を持って戻ると、お沙夜に示してその場で包んだ。

「噂を聞いて初めて伺いましたが、たいそうなご繁盛なのですねえ」

手代は箱を包む手を止めずに応じた。

「恐れ入ります。おかげさまで、多くの皆様にご贔屓《ひいき》いただいております」

「御城へも献上なさっているとか」

「はい、勿体《もったい》ないことでございますが、御用達《ごようたし》をいただいております」

「だいぶ前、お隣は本屋さんだったと思うのですが、買い取られたのですか」

「よくご存知で。左様でございます。お隣を買い取りまして、店を広げたのです」

「では、これからもますますご商売を広げられるのですね」

「はい。この先、店を増やしていくと主人も申しております。それもこれも、お客様あってのことでございますから、何卒《なにとぞ》これからもご贔屓に」

手代は如才なく答え、丁寧にお沙夜を送り出した。


「あれ、姐さん、こりゃあ一文字屋の葛饅頭じゃありやせんか。あの店に行ってきたんですか」

ちょうど帰ってきたところをお沙夜に呼ばれ、戸口を入った彦次郎は、お沙夜の傍らで包みを解かれた饅頭を指して、意外そうに言った。

「評判の店だし、一度どんな様子なのか見ておこうと思ってさ。ほら、一つ取って」

差し出された葛饅頭を恭《うやうや》しく頂戴し、彦次郎は目を細めた。

「こいつぁうめえや。評判通りだ」

「なぁんだ、一文字屋について嗅《か》ぎ回ってたのに、あそこの品を試してなかったのかい」

「並の大福が一個四文のところ、あそこの饅頭は三十文もするんですぜ。同じ値段で酒が一合飲めるじゃないですか」

「三十文くらいで何言ってるのよ。それに一文字屋には、十文くらいの餅もあるよ」

「一番安くて十文、ってのはねえ。贅沢はまかりならん、ってお達しが出てるご時世なのに、一文字屋は御城の御用達なんですよ。うまくやってやがる」

「食べ物となるとねえ。一度舌が贅沢を覚えちまったら、なかなか捨てられないからね。大奥の御女中だって御城のお偉方だって、同じさ。だから、度が過ぎなきゃ大目に見てるんだろ」

　彦次郎がそれを聞いて、ニヤリとする。

「へへ、おっしゃる通りで。実は姐さん、その裏があるようなんで」

「裏？　どんな話だい」

　お沙夜は先を促すように、葛饅頭をもう一つ勧めた。彦次郎は、ひょいとつまんで口に放り込む。

「ちょっと、三十文の饅頭をそんなぞんざいに。もっと味わってお食べよ」

「三十文くらいで怖気《おじけ》づくなって言ったのは、姐さんじゃありやせんか。まあいいや。一文字屋の菓子には、もっと上があるんですよ」

　彦次郎は声を落とし、身をかがめた。

「金に糸目をつけずに美味《うま》いものを食いたい、って連中は、結構な数、居ますからね。一文字屋はそんな奴ら相手に、思いっきり贅沢な菓子を作って売ってるらしいんで」

「贅沢なお菓子って、どんな」

「例えば京から取り寄せた天下一の餡を使って金粉をまぶす、なんてことをやって、一つが一両もするような饅頭を作るんです。もちろん、店の表にゃそんなものは出せねえ。馴染みの上客に限って、奥の方で出すんですよ」

「一つ一両？　そんな馬鹿高い饅頭なんて、作れるのかい。もしかして、大きさが座布団くらいとか」

お沙夜が呆《あき》れて問うと、彦次郎は苦笑した。

「そんなでかい饅頭、見ただけで食い気がなくなりまさぁ。実際、一つ作るのに一両近くもかかるわけがねえ。一両って値をつけりゃ、勝手にそういう値打ちができちまう。一両の饅頭を食ったってことが大事なんで、本当は幾らで作れるのかなんて野暮なことは言いっこなし、そういうことなんでしょう」

大金持ち同士の見栄の突っ張り合いか。それはわからなくもない。しかし、何とも馬鹿馬鹿しい話ではある。

「そんなやり方なら、一文字屋は大儲けじゃないか」

「そういうことです。相手は風流を気取ってるから、どんな高い饅頭を食わされても文句を言わねえ。こいつは洒落じゃねえが、美味しい商売ってわけで」

「証しはあるのかい」

「一度だけですが、大店のご隠居風の爺さんが二人連れ立って、辺りを窺うように一文字屋の裏木戸を入って行くのを見やした。気になったんで、出てくるのを待ってそのうちの一人を尾《つ》けたら、神田多町《かんだたちよう》の米問屋、鹿野屋《かのや》の隠居でしたよ」

「へえ、そうなの。鹿野屋のね」

鹿野屋はお沙夜も知っている指折りの大店だ。そう言えば、そこのご隠居は大層な甘党だと、常磐津の弟子の誰かが言っていたような気がする。

「一文字屋は、なかなか面白そうな奴らしいね」

お沙夜は薄笑いを浮かべると、残っていた葛饅頭を口に運んだ。

四

次の日の八ツ過ぎ。お沙夜は両国広小路《ひろこうじ》にある茶店の小上がりに座って、往来を眺めていた。傍らの緋毛氈《ひもうせん》の上には、小鉢に入った心太《ところてん》と茶が置かれている。

両国橋の西側にある両国広小路は、本来火除地《ひよけち》であるため本建築の建物が建てられない代わり、様々な露店や見世物小屋が並んで、浅草《あさくさ》と並ぶほどの喧騒であった。

倹約倹約と叫ぶ御上のために芝居興行すらままならない中でも、この地の賑わいは消えていない。

小半刻ほどもそこに座っていたお沙夜は、行き交う大勢の人々の中に、目当ての人物を見つけた。

「あら、山野辺様じゃありませんか」

よく通る声で呼ばわると、山野辺はすぐに気付いてお沙夜の方を向き、たちまち目尻を下げた。

「やあお沙夜さん。こんなところで会うとはな」

「はい。これだけたくさんの人が通るのに、偶然ですねえ」

偶然などではない。定廻りの山野辺が巡回する道筋は承知しているので、見当を付けて待っていたのだ。

「見回りの途中でいらっしゃいますか。せっかくですから、一休みされては」

「うん、そうだな。ここで会ったのも何かの縁ってことで、一服するか」

山野辺は、これ幸いといった笑みを浮かべて、お沙夜の隣に腰を下ろした。八丁堀の姿を見た亭主が、すぐさま茶を運んできた。

「暑い中、御役目ご苦労様です」

「いや、なに。今日は確かに、ちっとばかり蒸すなあ」

幾らか上気したような顔になっているのは、強い日差しのせいか、お沙夜がぴったり身を寄せているせいか。

「ところで河津屋さんが騙された一件、どうなりましたか。話を持ち掛けた男は、見つかりましたの」

少しばかり当たり障りのない世間話をしてから、お沙夜が尋ねた。これを聞くために山野辺を待っていたのだ。

「え、その話か。いや、まだ見つかってねえんだが」

山野辺は困った顔になった。ここで捕物の話はしたくないのだ。

「そうなんですか。河津屋さんの行方は」

「いや、それもわからねえ」

山野辺は落ち着かなげに身じろぎした。おそらく、夜逃げした河津屋の行く先など、気にもしていなかったのだろう。

「まあその、新左エ門の話は聞いたんだが、自分が相手を信じ込んだがために申し訳ないことをした、ってそればっかりだ。年恰好と人相だけはだいたいわかったが、それだけじゃなあ」

「小田原までお調べにはならないんですか」

「小田原の御城下まで出張《でば》れって？　さすがにそれは無理だぜ。上の方から小田原の町奉行所へ、問い合わせの書状は出てると思うが」

その程度の話か。何千両もの詐欺なのだから、もっと気を入れても良さそうなものだが、山野辺の反応はどうも鈍い。

「何だか気乗りがしないみたいですね。山野辺様らしくありません」

ちょっと踏み込んで、挑発してみた。山野辺は、もっと困った顔になった。それから溜息をつくと、お沙夜の方に身を寄せてきた。思わず引きそうになったが、内緒話があるのだと承知して、そこは辛抱した。

「邪魔者が首を突っ込んできてな」

もう一度周りを見てから、山野辺が小声で呟く。

「邪魔者？　御奉行所の邪魔をするなんて、どこの……」

「火盗改《かとうあらため》だ」

えっ、とお沙夜は小さく声を上げた。火付盗賊改方《ひつけとうぞくあらためがた》は、奉行所とは別に、徒党を組んだ盗賊など、重罪を犯した者を捕らえる役目を負っていて、御先手組《おさきてぐみ》の旗本から老中が任ずるものだ。御先手組とは、戦のときに先鋒を務める足軽組であり、武芸をもって務めるのが本来のため、盗賊を捕らえるやり方も荒っぽい。相手が武器を持った集団なら役に立つが、地道に下手人を探索するような捕物には向いていない。与力同心の数も少なく、知識も経験も足りないのだが、手柄を求めてこれはという事件に入り込んでくるので、奉行所とは犬猿の仲だ。

「どうしてまた、火盗改が」

「ほれ、この前、深川《ふかがわ》で大きな詐欺があったろう。俺たちがまだその詐欺を仕掛けた連中を捕らえてねえもんだから、あいつら、自分たちの手柄にしようと考えたらしい」

「でも、今度の河津屋さんの一件と、深川の話とはどう繋がるんです」

「さあな。火盗改の連中が、深川についてのネタを握っているとは思えねえ。ただ、金額の大きい詐欺だから同じ奴らの仕業なんじゃねえか、って考えたんだろう。火盗改の頭ん中なんざ、その程度さ」

山野辺は、せせら笑うように言った。

「しかし、連中が乗り出してるとなると、こっちも動きにくい。あっちは関八州《かんはっしゅう》全部を見回れるから、小田原へも人をやってるだろう。ま、お手並み拝見といくさ」

そういうことか。山野辺が河津屋の件から一歩下がっているのは、火盗改の動きを高みの見物と洒落込み、あわよくば美味しいところを頂こうという魂胆だ。奉行所としては、火盗改の失敗ほど小気味いいものはないだろう。

「そうですね。火盗改なんて荒っぽいばかりで、間違ってお縄にした人たちも多いと聞きます。やっぱり頼りになるのは、山野辺様たち御奉行所の方々ですよ」

そう言って持ち上げてやると、山野辺は、そうとも、とばかりに胸を張った。


「火盗改が？　そいつは鬱陶《うっとう》しい話ですねえ」

長屋に戻って話すと、彦次郎は渋面を作ってみせた。が、顔つきほどには心配していないようだ。

「あの連中は、盗賊だの火付けだの、斬ったはったの単純なのがお好みだと思ってたんだけどねえ。詐欺なんて面倒な話に、何で手を出す気になったんだろ」

火盗改は脳味噌より刀を使う方が得意だ。複雑なからくりを解きほぐしていくような、根気と頭の要る探索には向いていない。

「そうですねえ。火盗改方はこの前、鬼平《おにへい》が御役御免になって、森山様《もりやま》に代わったばかりでしょう。森山様がどうあれ、何しろあの鬼平の後釜ですからねえ。大層、気を遣うんじゃありやせんか」

鬼平とは、言わずと知れた長谷川平蔵《はせがわへいぞう》のことだ。長谷川は、関東一円を荒し回った押し込み強盗の真刀徳次郎《しんとうとくじろう》を始め、数多くの極悪人を獄門台に送り、世間の喝采を浴びた。北町奉行所で使っていた悪徳目明しを捕らえ、奉行の面子を丸潰れにしたこともある。その後釜となれば、長谷川の業績を意識しないわけにはいくまい。

「なるほど。鬼平と比べられて、ぼんくらだと思われたくなきゃあ、さっさと大きな手柄を挙げるしかないわけか」

「ま、連中の頭でどれだけのことができるか、眉唾ですがねえ」

彦次郎は山野辺と同じようなことを言って、笑った。

「それにしても、例の深川の一件と今度の河津屋の一件を一緒くたにされちゃあ、堪《たま》らねえや。いい迷惑だ」

　彦次郎は腕組みして、今度は本当に渋い顔になった。

「まったくだねえ。ちょっと火盗改の動きにゃ、気を付けといた方がいいね」

　深川の一件とは、ある材木商の大店を嵌めたものだ。その男は、表の顔と違ってとんでもない悪人だったのだが、詐欺を仕掛けたのはお沙夜たちだった。

「姐さんの見立て通りに、一文字屋と新左エ門と小田原の男がつるんでるなら、やっぱり新左エ門をたたくのが一番手っ取り早そうなんですが」

「うーん、だけど山野辺さんの話だと、新左エ門の周りにゃ、火盗改の手先の目明しがうろついてるようだからねえ」

「そいつは面白くねえな。じゃあ、ひとまずどんな連中が嗅ぎ回ってるか、見てきやしょう」

「そうだね。とりあえずは、そうしといておくれ。その様子を見て、次の出方を考えよう」

　彦次郎は頷くと、早々に出かけていった。彦次郎は江戸中に様々な伝手を持ち、奉行所配下の目明しにも、顔が利く。その辺りから、普段嫌っている火盗改配下の目明したちについて、役に立つ話が聞けるかもしれない。

（火盗改か……。半分素人みたいな連中だけど、あんまり舐《な》めてかかると火傷するかもね。ここはちょいと、模様眺めかな）

お沙夜は、長火鉢に被《かぶ》せた天板に頬杖をついた。軒先の風鈴が、微風に小さく鳴った。

第二章

一

夕七ツ（午後四時）の鐘が聞こえた。もうそんな刻限か、と気付いた一文字屋惣兵衛は、開いた障子の向こうに目をやった。秋口とはいえ、まだ衰えない西日が庭に射《さ》しこんでいる。惣兵衛は開いた帳面に目を戻し、筆を置いた。

（ようやく、片付いた）

河津屋が夜逃げして、はや二月である。空家となった河津屋の店は、三千両のかたに惣兵衛のものになったが、もとより自分で使う気はなかった。すぐに買い手を探したものの、夜逃げした店はゲンが悪いとか、広すぎて使い勝手が悪いとかで、なかなか決まらなかったのだ。先頃ようやく、上方に本店《ほんだな》のある河津屋と同じ海産物問屋に、二千五百両で話がついたところだった。

（五百両の損だが、仕方がない）

惣兵衛はその売り買いについての書き留めを終え、帳面を閉じた。まあ悔やむほどのことではない。河津屋に貸した三千両は、とっくに取り返していた。実際には、二千五百両は丸儲けだったのだ。無論それは帳面には載らず、表立っては誰も知らぬ話であった。

「旦那様、お邪魔いたします」

廊下から声が掛けられたので、「お入り」と応じた。入ってきたのは、番頭の和《わ》助《すけ》である。今年で四十になる、地味な男であった。

「泉州屋《せんしゅうや》さんから、店の引き渡しは来月の朔日《ついたち》で、と言ってこられました。ちょうど暦も良いとのことで。よろしゅうございますか」

泉州屋とは、河津屋の店を買い取った先である。

「ああ、構わない。それで結構ですと返事しておいてくれ」

「かしこまりました。しかし、今回は手間取りましたなあ」

「ああ。もっと早く売れると思ったんだが、広すぎる店というのは、やはり買い手が限られるな」

「次はもっと、狙いを絞りますか」

和助の言葉に、惣兵衛は「うむ」と唸《うな》るように応じ、もう下がれ、と目で指図した。和助は黙って頭を下げ、座敷を出ていった。

(狙いを絞る、か。次はやはり、もっと買い手の多い手ごろな大きさの店を選ぶか。注文通りの「客」が見つかればいいんだが)

これと目を付けた相手に金を貸し、その後で嵌めて返済ができないようにしてから、店を取り上げて売り飛ばす。これが一文字屋の裏の商いだった。このからくりを知っているのは、店の中でも惣兵衛と和助の二人だけだ。職人や丁稚は、真っ当な菓子屋だと思い込んでいる。

(いや、確かに真っ当な菓子屋だった)

一文字屋は元禄の頃から続く老舗《しにせ》で、惣兵衛は四代目である。惣兵衛の先代までは、ただ一途に菓子を作り、工夫を重ね、少しずつ評判をとって店を大きくしていった。先代は研鑽を積み、御城への出入りも許されるようになった。

惣兵衛は菓子作りの腕はさほどでもなかったが、店を継いだときは代々の主人と同様、実直に菓子屋をやっていくつもりだった。だが惣兵衛には、先代の美徳だった根気と生真面目さが欠けていた。来る日も来る日も菓子作りに追われる一方、新しい工夫を凝らすような才もなく、単調さに飽きがきてしまったのだ。
吉原《よしわら》に足を突っ込むには、さほど時はかからなかった。それから程なくして、店は徐々に傾き始めた。古手の番頭は忠言を聞き入れない惣兵衛を見限り、暇を取った。代わって和助が手代から昇格したが、和助も抜きん出た商才があるわけではなく、店の傾きを戻すには力不足だった。

そんな具合で店の先行きが暗くなりかけたとき、隣に店を出していた本屋が、相場で大損を出して危なくなった。本屋は、隣のよしみでと惣兵衛に借金を頼んできた。額は七百両。惣兵衛は迷った。傾き始めた一文字屋に、七百両は重かった。和助は、当然のように止めた。

だが考えた末、惣兵衛は七百両を貸した。店を担保にするのが条件だった。日本橋通りに面した本屋は、千両ほどの価値があったはずだ。なのに両替屋などから借り入れできなくなるほど信用を落としたのは、相場への賭け方が無謀すぎたからだろう。両替屋としては、店を担保にもらっても後の処分が面倒だ、と考えたようだ。

しかし惣兵衛にとっては、隣の店だった。七百両でこの店が手に入れば、一文字屋を大きく広げて商売も伸ばせる。そう踏んだのである。

本屋の主人は、地道に本業を頑張って、間違いなく返済する、と誓った。その主人に惣兵衛は囁いた。相場で取り戻せ、と。本屋の賭け事好きを承知していたからだ。その結果、再び無謀な相場を張った本屋は、破産した。

和助ら店の者たちは、隣の店が格安で手に入ったことを、素直に喜んだ。店を広げた一文字屋は結果として信用が増し、商売は上向き始めた。ここで本業に精を出していれば、全て丸く収まっていたはずである。が、そうはならなかった。

（俺は、菓子作りより金を動かす才の方がある）

惣兵衛はそう思った。何より、頭を駆使して何もないところから財を生み出す、というのが楽しくて仕方がない。

惣兵衛は、金貸しを始めた。多少なりとも伝手のある客に、二百両、三百両と貸し、着実に利を生んだ。儲けた金で、他の店の腕のいい菓子職人を引き抜いた。これ以後、惣兵衛は本業を和助と職人に任せ、金貸しに入れ込むようになる。

間島新左エ門と出会ったのは、その頃だった。新左エ門は人づてに惣兵衛のことを聞き、百両の借金を申し込んできたのだ。

惣兵衛は、初めは乗り気ではなかった。新左エ門が金に詰ったのは、商いではなく遊びが過ぎたためである。新左エ門に自分を紹介したのは、吉原の楼主《ろうしゅ》の一人だと承知していたのだ。それに新左エ門の財産といえば、古びた長屋が二、三棟で、手に入れたくなるような代物《しろもの》ではなかった。

惣兵衛が気乗り薄なのを見た新左エ門は、奥の手を出した。

「耳寄りな話があるんですがね。一文字屋さんが聞いて損のない話です」

「ほう、どんなことでしょう」

新左エ門の思わせぶりな言い方に、惣兵衛はつい興味を引かれた。

「山代屋《やましろや》さんという呉服問屋ですがね。つい先日、焦げ付きを出しまして、急場で千両ほどが入り用になったのですが、両替商に断られたらしく、困っておいでです」

「それで、私に借りたいと?」

「そうなのです」

「千両、何に必要なんです」

「焦げ付きのおかげで、仕入れと借り入れの返済へ回すお金が、滞りそうなのです」

惣兵衛は訝《いぶか》しんだ。ありふれた話だ。これのどこが、自分にとって損のない話になるのか。新左エ門は惣兵衛の表情に気付いたらしく、ここからが本番ですとばかりに、身を寄せて声を低めた。

「実は千両でも、急場を逃れるぎりぎりの額のようです。店を担保にして借りられるのは、そのくらいが限度。しかし、できればあと二、三百両は欲しい。そこで、千両を元手にして三割ほど儲けられるという話を持ち掛けるのです」

「千両をいきなり千三百両にする？　そんなうまい話があるんですか」

新左エ門は、小狡《こずる》そうな笑みを浮かべた。

「本当にあれば、私が真っ先に手をつけています。これから先は、お気に召さなければどうかお聞き流しを」

新左エ門は思わせぶりに語り始めた。数か月前、さる廻船問屋が抜け荷に手を染め、西陣織、あるいは京友禅を集めようとしている、という噂が流れた。唐物や、ことによると阿片《あへん》を異国船から仕入れる代わり、異国で人気のきらびやかな絹織物を高値で売りつけよう、という魂胆だという。結局は根も葉もない話だったのだが、幕府の倹約政策で需要が激減した絹織物を何とかさばきたい、という願望が噂を呼び込んだのだろう。

「この話が、実は本当だったと吹き込むのです。そうして山代屋さんに、千両で絹織物を集めれば廻船問屋が千三百両ですぐ引き取ってくれる、と話す。山代屋さんが話に乗り、織物を揃えたところでやはり与太話だったと明かす。如何《いかが》です」

そんなことをすれば、山代屋は忽ち潰れる。ということは、と惣兵衛は考えた。

「そうなると、こちらは山代屋の店と千両分の行き場のない絹織物を手に入れることになる。店はともかく、織物はどうするんです」

「ご心配なく。倹約令は出ていますが、こっそり人知れず贅沢を楽しむ好事家《こうずか》には事欠きません。時をかければ、必ずさばけます。呉服屋を通して売るわけではありませんから、役人の目もとどきません」

うーむ、と惣兵衛は唸り、思案を巡らせた。確かにうまい儲け話だ。しかし、山代屋がそう簡単に話に乗るだろうか。気を静めて考えれば、いかにも胡散《うさん》臭い話なのだ。しかし、と惣兵衛は思う。山代屋が乗ってこなければそれまでのこと。こちらには何も損はない。

「いいでしょう。千両、用意しましょう」

新左エ門の顔に、笑みが広がった。


事は、思いのほか簡単に進んだ。山代屋は、新左エ門が囁いた抜け荷の話を、ほとんど疑いもしなかった。藁をも摑みたい者には、藁だけしか見えていなかったのだろう。絹織物を揃えるのにひと月。それから二十日と経たずに山代屋は潰れた。

「これは、詐欺ということになりませんかな」

惣兵衛が少しばかり心配になって言うと、新左エ門はご安心をと手を振った。

「噂を吹き込んだのがこちらだとしても、それを信じて動いたのは山代屋さんです。こちらがわざと騙したのだという証しは立てられません」

新左エ門が言うように、我々も噂を本当だと思っていたのだ、と言えば誰しも反論は難しいだろう。惣兵衛は大きく頷いた。

織物は新左エ門が言った通り、ほぼ買値の千両でさばけた。山代屋の店も、貸金と同額の千両で売れた。織物を売った金は新左エ門と折半したので、五百両が濡れ手で粟、という結果になったのだ。

「うまく運びましたでしょう」

惣兵衛に借りた百両を返した後、新左エ門は媚《こ》びるように言った。

「確かに、あんたの目論見通りになりましたな」

「はい、おかげさまで。大変お世話になりました。では、手前はこれで」

丁寧に頭を下げ、帰ろうとする新左エ門を、惣兵衛は呼び止めた。

「新左エ門さん」

「は？　何でございましょう」

「これで終わり、というのは惜しいと思われませんか」

新左エ門の顔に当惑が浮かんだ。

「と、言われますと」

「儲けられる話はまだ幾らでも出てくる。そうでしょう」

新左エ門は、障子に掛けた手を戻し、惣兵衛の前に座り直した。

「さて、どんなことをお考えですかな」

惣兵衛たちが次に狙ったのは、金物商の日野屋《ひのや》という男だった。やはり新左エ門の知り合いで、吉原の遊女に入れあげ、店を傾けかねないという評判だ。新左エ門が、裏から遊女の身請けを斡旋《あっせん》する者が居ると持ち掛け、惣兵衛は遊女の身請け代として、八百両貸した。無論、身請け話は嘘で、惣兵衛は八百両のカタに日野屋を手に入れた。今度は店の値打ちは貸した金よりずっと高く、千五百両で買い手がついた。

「今度もうまく運びましたな」

新左エ門がほっとしたように言った。身請けを斡旋すると言った男は、惣兵衛が雇ったはぐれ者で、分け前百両を懐に高飛びしている。残る六百両は、惣兵衛と新左エ門が折半した。これでまた、惣兵衛は八百両儲けたことになる。

「ええ、上首尾でした。次はもう少し、仕掛けを大きくしますか」

「まだおやりになるので?」

新左エ門は、驚いたように言った。前回は、山代屋自身が不注意だったと言えるが、今度の日野屋の場合は、人を雇ってまで騙しているので、明白な詐欺だ。さすがにこれを続けるのは、抵抗があるらしい。

「これほど儲かる話です。捨て去るのは惜しい。そうでしょう」

そう言われると、既に前回と合わせて七百五十両を懐にしている新左エ門としては、抗《あらが》い難い。

「まあ、それは確かに」

「では新左エ門さん、お心当たりを教えて下さい。仕掛けは考えます」

偽の身請け話の段取りは、惣兵衛が考えたものだった。やってみて気付いたが、自分の才はどうやらこちらの方にあるようだ。段取りを考えることが楽しくてならないし、成功すれば最高の満足に浸《ひた》れる。

「ふむ。承知いたしました。次の相手方を探しておきましょう」

新左エ門は、引きずられるように承諾の言葉を発した。いつの間にか、新左エ門と惣兵衛の立場は逆転していた。

（あれから、もう五年か）

日野屋の一件の後、この五年の間に新左エ門と組んで嵌めた相手は、河津屋で四人目だ。儲けは合わせて九千両。河津屋の一件の稼ぎが最も多い。この裏商売の金は、店の者が出入りする蔵には入れず、すぐ近所にある隠し蔵に入れてある。裏商売のことは、直に関わっているごく少ない者たちしか知らないので、詐欺を働いても表立って惣兵衛が疑われることはまずない。被害に遭った者たちも、自分らにも落ち度があったり、証しが何も出せなかったりで、訴えることができなかった。思い詰め、首を吊った者も出た。新左エ門はさすがに寝覚めが悪そうだったが、惣兵衛はさほど気にしなかった。そういうことは割り切れる性分なのだ。

いつまでもこの商売を続けられないことは惣兵衛も承知している。だが、綿密に作り上げた企《たくら》みが首尾よく運んだときの快感は、何物にも代えがたかった。

（あと二、三度はやりたいが）

そうすれば儲けは一万両を大きく超え、店も隠居後の惣兵衛も末永く安泰だ。新左エ門の腰が次第に引けていることも考えると、そろそろ潮時を選ぶべきかもしれない。

二

その新左エ門がしばらくぶりに現れたのは、翌日の昼前だった。

「どうも、しばらくでした」

　近頃少し老けてきた様子の新左エ門は、大儀そうに腰を下ろした。

「どうなすった。少し疲れ気味かな」

「もう年ですからな」

　年だけではあるまい。河津屋を夜逃げに追い込み、八丁堀からもいろいろと調べられた心労が出ているのだろう。しかしもとはと言えば、新左エ門が惣兵衛をこの道に引き込んだのだ。三千両以上をこれまでに稼いでいることも考えれば、同情する気にはならない。

「で、今日はどのような」

「新しい話です」

　ほう、と惣兵衛は思った。内心では気が進まないのだろうが、こうして次に狙えそうな相手を見つけてくるのだから、もはや一蓮托生ということがよくわかっているのだ。

「伺いましょう」

「はい。先月、うちの町内に名古屋の味噌問屋、渥美屋《あつみや》さんが江戸店を出しましてね」

新店か。そう言えば、寄合でそんな話を耳にした気がする。名古屋では結構な大店らしい。

「そのお店が、どうも思ったようにいっていないらしいのです」

「何か理由があるんですか」

「味噌と一口に言っても、江戸、上方、名古屋、奥州《おうしゅう》、みな好みが違います。渥美屋さんの味噌は、売れ行きが芳《かんば》しくないのです」

「江戸の人たちの好みに、合わなかったのですな」

「渥美屋さんは、三河《みかわ》の八丁味噌を江戸に広げようと思われたのですが、同じ赤味噌でも江戸味噌に比べるとだいぶ濃いですからねえ。で、江戸の好みに合わそうと手を加えたのが、失敗だったようで」

「八丁味噌の良いところを、殺してしまったのですかな」

「私は味噌のことはわかりませんが、たぶん、そんなことではないかと。それで、早々に金繰りに詰り始めたご様子で」

「なるほど。では、どこかから借り入れを」

「いえ、何しろ江戸に出て日が浅く、江戸の両替商などには、今一つ」

「まだ信用が得られていない、ということですな」

それなら、一文字屋から貸すと持ちかければ乗ってくるだろう。

「幾ら入り用なのです」

「とりあえず千両、というところでしょう」

「ふむ。名古屋の本店は、しっかりしているんでしょうね」

「さっきも言いましたが、味噌のことはよくわからないので。名古屋に行ったことのある者に聞くと、立派な大店だということでしたが」

渥美屋について調べることは、難しくない。江戸まで店を出そうというのだから、名古屋ではそれなりに繁盛しているのだろう。

「千両なら、貸してもいいが」

「そうですか。渥美屋さんに伝えてみましょう」

新左エ門は頷いてから、惣兵衛の顔色を窺うように下から見上げた。

「それで、何か仕掛けを?」

「それについては、おいおい考えましょう」

本店から取り立てができるなら、単に金を貸すだけでも儲けは出るだろう。その先を狙うなら、少しばかり時をかけて相手の隙を探す。狙えそうな隙が見つかれば、さらに時をかけて細工し、罠に嵌めて一気に追い込む。それが惣兵衛のやり方だった。

昼を過ぎてから、惣兵衛は店を出て日本橋通りを北へ向かった。人で混み合う日本橋を渡り、本町《ほんちょう》で右に折れる。そこから三町ばかり歩いたところで、聞いていた店を見つけた。そこは堀留町《ほりどめちょう》で、隣の堀江町の新左エ門が名主を兼ねている。看板には、確かに「味噌問屋　渥美屋」と出ている。間口は十間ほど。まずまずの大きさだ。

店の前に来ると、ちょうど中から若い娘が、下働きの娘らしいのを連れて出てきた。十八、九というところだろう。顔立ちはなかなかに美しい。その後ろで、行ってらっしゃいまし、という声が聞こえたので、ここの娘がどこかへ出かけるところだと知れた。惣兵衛は横に寄って、娘の後ろ姿を見送った。

目を戻して、店先を眺める。表に味噌樽が並び、甘辛い味噌の香りが辺りに漂っている。だが奥を覗いてみると、客の姿はなかった。暇そうにしていた丁稚が気付き、惣兵衛を客かと思って「いらっしゃいまし」と言いながら慌てて表に出てきた。惣兵衛はそれには応じず、さっと踵《きびす》を返した。今見た限りでは、新左エ門の言う通り、商いはうまくいっていないようだ。惣兵衛は得心して、日本橋通りの方へ戻り始めた。

そこで、ふと気が付いた。商人と見える若い男が、物陰から渥美屋の様子を窺っている。人でも探しているのかと思ったが、視線があまり動かないところをみると、そうでもないようだ。渥美屋の店を、見張ってでもいるような感じだった。

(何だろう。目明しのようには見えないが)

惣兵衛はしばし立ち止まり、その商人風の男を見ていたが、見られているのに気付いたか男がこちらを向きかけたので、急いで退散した。

「如何でございましたか」

店に戻ると、和助が尋ねた。渥美屋の様子のことを言っているのだ。

「ふむ、まあ繁盛しているとは言い難いな」

「どんな味噌を商っているのか、買ってまいりましょうか」

「いや、そこまではいい。それより、ちょっと仁伍《じんご》を呼びにやってくれ」

「青物町《あおものちょう》の親分ですか。承知いたしました」

和助は一礼してから、使いに出す丁稚を呼びに行った。仁伍というのは、ここから少し北の裏手になる青物町で十手を預かる、北町奉行所配下の岡っ引きだ。三十過ぎの独り者で、そこそこ顔がいいこともあって女に少々だらしないとの評判だが、腕はまあまあだ。惣兵衛の子飼いで、厄介事が起きると小金を渡して片付けさせていた。惣兵衛の裏商売を知っている一人でもある。

小半刻ほどで仁伍がやって来た。勝手から庭先に回ると、惣兵衛に挨拶して縁側に腰を下ろした。

「旦那、お呼びだそうですが」

「うん、ちょっと調べてほしいことがあってな。お前さん、堀留町の渥美屋を知ってるかい」

「ああ、確か名古屋から出てきた店ですね。開いてからまだそんなに経ってねえと思いやすが」

「何か噂を聞いてないか。例えば、奉行所に目を付けられてるとか」

「はあ？　いや、そんな話はありやせんが」

仁伍は眉間に皺を寄せた。

「何か怪しいことをやってる気配でもあるんですかい」

「いやいや、そうじゃないんだ」

惣兵衛は、さっき渥美屋を窺っていた男のことを話した。仁伍は首を捻る。

「手代風ってことなら、商売敵《がたき》が様子を覗きに来ていたのかもしれやせんね。でなきゃ、渥美屋の娘に縁談があって、その相手方が見に来たのか」

「まあおおかたその辺だとは思うが、ちょっと気になるんでな」

「ははあ、つまり渥美屋には金が絡んでるんで、厄介事がないか確かめろ、ってことで」

先回りする仁伍にちょっと顔を顰《しか》めながら、惣兵衛は頷いた。

「まあ、そんな話だ。ほら、これで」

惣兵衛は懐から紙包みを出して、仁伍に渡した。包んであるのは、一分金が二枚だ。

「へへ、こいつはどうも。まあ、任しておくんなせえ」

仁伍は包みを押戴《おしいただ》くと、すぐに立ち上がってその場を去った。大袈裟だとも思うが、貸そうとしているのは千両だ。これから何か仕掛けるにしろ仕掛けないにしろ、用心に越したことはない。


仁伍が再び現れたのは、二日後のことだった。

「旦那、わかりやしたよ。悪い話じゃありやせんでしたぜ」

「ほう、ずいぶん早いじゃないか」

惣兵衛は驚きながら言った。四、五日はかかると思っていたのだが。

「昨日、渥美屋に行ってみたら、確かに旦那のおっしゃるような商人風の男が、渥美屋を見張ってるじゃありませんか。こっちも隠れてしばらく様子を見てたら、半刻ほどで引き上げて行きやした。そこで尾けたら、神田須田町《すだちょう》の、筋違御門《すじちがいごもん》の傍にある宿屋に入りましてね」

「宿屋? どこかの店じゃなくてか」

「へい。で、あっしもこいつは何者だ、と思いやして。万一盗人《ぬすっと》の下見だったら大変だ。で、宿に上がり込み、奴の部屋に行ったんでさあ」

「直に押しかけたのか」

「こうなると、それが手っ取り早いですから。部屋には奴と、もうちょっと年を食ったのが居ましてね。奴はびっくりしてやしたが、渥美屋で何をしてたのか話せと十手を向けたら、すぐに話しましたよ。これがなんと、仙台の味噌問屋、岩代屋《いわしろや》の番頭と手代だったんです」

「仙台の味噌問屋だと？」

　惣兵衛は困惑した。名古屋と仙台の味噌問屋が、江戸で何をしているのだ。

「そうなんで。で、話を聞いてみたところ、岩代屋も江戸へ出る算段をしてるそうなんです。そこで名古屋から出てきたと聞いた渥美屋の様子を、まず調べてみようと思ったそうで」

「なるほど。名古屋の味噌が江戸でどんな具合か調べて、仙台の味噌がどう太刀打ちできるか考えておこう、ってわけか」

「へい。ところが、渥美屋の商いはどうもぱっとしねえ。それで岩代屋は、違うことに目を付けたんです。渥美屋の店そのものですよ」

「そりゃあつまり、岩代屋が今の渥美屋の店を欲しがってるってことか」

「あそこは堀留町って名の通り、日本橋川から切り込んだ東堀留川の行き止まりだ。重い味噌樽は舟で運びやすから、味噌問屋にとっちゃ有難《ありがて》え場所なわけで。店の大きさも手ごろで、同じ味噌問屋だから居抜きで移れる。いいことずくめなんでさぁ」

「ふむ、確かに悪い話じゃあないな」

渥美屋が千両を返済できなくなって店を取り上げた場合、即座に岩代屋に転売できるというわけだ。もともと欲しがっていた店であれば、値引きを求められることもあるまい。

「よし、ご苦労だった。後は……」

「渥美屋の弱みを探すんでしょう。わかってまさぁ」

仁伍は先刻承知とばかりにニヤリとしてみせる。その態度は惣兵衛を苛立《いらだ》たせたが、あえて文句は言わなかった。

「その通りだ。頼むよ」

渥美屋が返済できなくなるような細工を仕掛けられるネタを、仁伍が見つけ出せば後は難しくない。癖は強いが、それなりには役に立つ男だった。

仁伍が帰ってしばらくすると、和助が奥に入ってきた。

「旦那様、よろしゅうございますか」

「うん、何だ」

「仁伍は、渥美屋さんの件で動いているんですか」

「ああ。それがどうかしたか」

「はい、もう一軒の、例の料理屋の方ですが、だいぶ商いが傾いてまいりましたようで、あちらもそろそろ仕掛けどきではないかと」

「料理屋か。思わしくないのか」

「はい。やはりこちらの思惑通り、二軒目の店がさっぱりで。料理の質は落ちていませんが、店が大き過ぎるのが災いしております。それと、出る杭は打たれると申しますか、二軒目を出したのが抜け駆けのように言われて、同業の方々からも疎《うと》んじられておるようです」

「そうか。では、そろそろだな」

惣兵衛は、ほくそ笑んだ。料理屋の一件は、見越した通りの展開になっている。あとは最後の一押しだ。それには仁伍が必要だが、渥美屋の方の様子次第でそちらも取り掛からせることにしよう。

その翌日、新左エ門が渥美屋を連れて一文字屋にやって来た。惣兵衛はすぐに奥の座敷に通し、丁重に迎えた。

「一文字屋惣兵衛です。本日は、ようこそいらっしゃいました」

「渥美屋辰次郎《たつじろう》でございます。このたびは、ご無理を申しまして」

畳に手をつく辰次郎は、いささか太目の体に血色の良い顔を乗せた、人の好《よ》さそうな男だった。年は四十一と聞いているが、坊ちゃん然とした見かけは、たぶん若い頃からそのままなのだろう。惣兵衛は微笑んだ。辰次郎は初見だが、いかにも与《くみ》しやすそうに思えた。

「江戸店は、辰次郎さんがご主人ということですが、名古屋のお店はどなたが」

「はい、本店の方は兄の辰之助《たつのすけ》が継いでおります。私はずっと兄を手伝っておりましたが、このたび江戸に出て商いを広げようと考え、私がその役目に当たることになりまして。江戸に骨を埋めるつもりで、娘を連れて出てまいりました」

「そうですか、お嬢様と。ではお内儀もご一緒に」

「いいえ、去年、亡くなりまして」

「え……これはとんだご無礼をいたしました。ひらにご容赦を」

「いえいえ、お気になさらず。実は兄が私を江戸に寄越《よこ》したのも、それが理由の一つです。ここは悲しむばかりでなく、心機一転を図れ、とのことで」

「それはそれは。辰之助様は、弟想いの方でいらっしゃいますな」

「どうも恐れ入ります。そんな兄の配慮に、私も応えたいところなのですが」

ここで辰次郎は肩を落とし、溜息をついた。

「なかなかに思うようにはまいりません。三河の味噌は名古屋の食にはなくてはならぬもの。江戸味噌と似たところもあり、必ず受け入れられるものと思うておりましたが、そう簡単にはいきませんでした。味がほんの僅か異なるだけで、日々江戸味噌に慣れている舌には、馴染んでもらえないようです」

それほど江戸の人々の舌は繊細なのだろうか、と惣兵衛は思う。菓子であれば、京や長崎の味のものも珍重されるのに。毎日の食事に使う味噌は、また事情が違うようだ。

「受け入れてもらえるよう、いろいろと工夫はしているのです。味噌屋が言うのも何ですが、なかなか甘くはないですね」

左様ですか、と惣兵衛はこの洒落にお義理で笑った。

「それでも、もうすぐ目鼻はつきそうです。ただ、それまでの金繰りがいささか……」

ここで新左エ門が口を挟んだ。

「渥美屋さん、だいたいの事情は一文字屋さんにお話ししてあります。一文字屋さんは、せっかく名古屋から出てこられたお覚悟を、あっさり潰すのは忍びないことですので、お役に立ちましょうと言ってくださっています」

「おお、それは有難い」

辰次郎は、満面で感謝の意を表した。わかりやすい男だ、と惣兵衛は思う。大店を仕切るなら、腹の内をすぐ顔に出すようではいけないのだが。まあ、こちらとしてはそんな男の方が、容易に扱えて好ましい。

「新左エ門さんからは、千両と伺っておりますが」

「はい。千両、お貸しいただけますか」

「お店を担保に入れていただかねばなりませんが……」

確かめるように言うと、辰次郎は無論ですとばかりに首を縦に振った。

「承知しております。よろしくお願い申し上げます」

「では、証文を用意いたしましょう」

惣兵衛は下女を呼び、和助に証文を持ってくるよう伝えさせた。和助はあらかじめ作ってあった証文を持って、すぐに現れた。

惣兵衛は証文を開いて確かめ、和助に頷いて下がらせてから、辰次郎に差し出した。

「ではこちらをお持ち帰りいただき、ご異存なければ、証人の新左エ門さんともどもご署名のうえ、明日、お持ちください。そのときに千両、お渡しできるようにしておきます」

「ありがとうございます。それでは明日、改めましてお伺いいたします」

辰次郎は両手で証文を受け取り、丁寧に畳むと懐にしまった。惣兵衛は笑みを絶やさず、その様子を見つめた。

(さて、これでまた儲け話が成立した)

後は仁伍が、どんなネタを探り出してくるか、だ。

三

お沙夜のところへしばらくぶりに姿を見せた鏑木左内は、珍しく冴えない様子だった。

「どうしたんです、鏑木さん。ずいぶん不景気な顔をなすってますね」

「うん、まあ、ちょっとな」

左内は畳に上がると、溜息と共に胡坐《あぐら》をかいた。

「何か心配事でもあるんですか」

「うん……お沙夜さん、回向院近くの菊乃家を覚えてるか」

「ええ、覚えてますよ。主人の料理の腕が良くって、池之端に二軒目の店を出す、って話をしてましたねえ」

そう言えばとっても綺麗な女将さんが居ましたよね、と言おうとしてやめた。左内の顔つきからすると、からかうような場面ではないようだ。

「その池之端の店なんだが、開いてひと月になるのに、客の入りが悪いんだ。はっきり言って、出だしから大赤字だ」

「はあ、そうなんですか。でも、出したばかりの店でしょう。最初はそんなものでは」

「それはそうなんだが、どうも同業の店が足を引っ張ってるみたいでな」

「それはまた、どういうことです」

「聞いた話によると、あの池之端の店は、満喜楼《まんきろう》って料理屋が買い取る話が進んでたんだが、それを菊乃家が横取りしたって形になってるらしい」

「横取り？　どうしてまた。確か、店を紹介した人が居るとか言ってませんでしたか」

「菊乃家からは、そう聞いてる。紹介した誰かは、満喜楼が池之端を買おうとしてることは知らなかった、てぇ話だが」

「売主が、二股をかけたんですか」

「そうらしいな」

満喜楼と言えば、江戸でも指折りの老舗の料理屋だ。永太郎が一代で作り上げた菊乃家とは、格が違う。その満喜楼を裏から出し抜いた、となれば、風当たりは強いだろう。

「確か、菊乃家さんは大層な借金をして、池之端を買ったんですよね」

「千五百両だ。かなり無理をしてるから、池之端の店が赤字となると、店が行き詰るかもしれん」

左内は暗い顔になった。

「永太郎とお葉さんが迷ってるとき、俺が勝負するのも人生だ、みたいなことを言って背中を押しちまったからな。これでもし菊乃家が潰れたりしたら、俺としても寝覚めが悪い」

どうやら左内は、不用意に言ったことに責任を感じているらしい。

「でも最後に決めたのは、菊乃家のご夫婦でしょう。鏑木さんが責めを負う話じゃないでしょうに」

「わかってるが、どうもな」

義理堅い左内は、あっさり割り切ることができないようだ。

「鏑木さん、何か考えてるんですか」

「考えてると言うか、詳しい話を聞いてみた上で、何か力になれないかと思ってな。だが、俺はどうもこういうのは苦手で……」

なるほど、左内がお沙夜のところに話しに来たのは、そういうわけか。

「私に、一緒に話を聞いてくれ、と言うんですね」

「まあ……そうだ。一つ頼めるかな」

左内が済まなそうに頭を掻《か》く。お沙夜は、やれやれと肩を竦めた。そう言えば、左内から菊乃家の話を聞いたとき、食べに行きたいと思ったのだが、まだ一度も行っていなかった。

「前に菊乃家の前で話をしたとき、そのうちあそこへ食べに連れてってくれるとおっしゃいましたよね」

「え、そんなことを言ったかな」

「おっしゃいましたとも。これはいい機会ですね」

左内は首を傾げたが、すぐに頷いた。

「わかったよ。来てくれるんなら、幾らでもご馳走しよう。あそこの料理は折り紙付きだからな」

お沙夜は、にっこりと微笑みを返した。

池之端の菊乃家は、板塀に囲まれた立派な構えだった。差し渡しは、二十間近くあるのではないか。本所相生町の本店が、丸ごと二軒は収まりそうだった。内に入ると、ちゃんとした式台があり、そこでお葉が膝をついて迎えてくれた。

「鏑木様、本日はようこそおいで下さいました。こちらはお沙夜さん、ですね。お噂は常々、お伺いしております」

「まあ、良い噂だったらよろしいのですけど」

「もちろん、良いお噂ですとも。ささ、どうぞお上がり下さい」

お葉は先に立ち、廊下を奥へと案内した。暮れ六ツ（午後六時）を過ぎ、夕餉《ゆうげ》の書き入れ時を迎えているはずだが、広い店の中は思いのほか静かである。

十二畳ほどの座敷に通された。凝った欄間の作りなどを見ると、上客のための座敷のようだ。左内とお沙夜の二人だけでは、勿体ない気がした。

「それでお葉さん、この店の話だが……」

座につくなり、左内が切り出そうとしたが、お葉は如才なくそれを遮った。

「まあまあ、鏑木様、そのお話は後ほど。今日は主人が腕を振るっておりますので、まずは料理の方をお楽しみ下さい」

言い終わるとほぼ同時に、酒が運ばれてきた。お葉が徳利を持ち上げ、二人の盃を満たす。

「立派なお店ですね。もとは宿屋と聞きますが」

お沙夜が部屋を見回して尋ねると、お葉は「はい」と応じた。

「それなりに格のあるお宿だったそうですが、閉めてしまわれたのです。一旦人手に渡ったものを、仲立ちして下さる方が居まして、私どもの方へ」

「ずいぶん広いようですが」

「部屋は二十ほどございます」

二十部屋となると、全部埋めるのは大変かもしれない。現に今も、三味の音や賑やかな話し声は聞こえてこない。毎夜の客の入りはどれほどか、不躾《ぶしつけ》ながら聞こうとしたところで、料理の膳が来た。

三の膳まである、豪勢な料理だった。かんぱちなどの旬の魚、蓮根饅頭など手の込んだもの。吸い物は甘鯛。海老と根菜の天婦羅など。味は左内が推すだけあって、素晴らしかった。

「とても美味しゅうございました。どれもお見事です」

食事を終えたお沙夜は、挨拶に出てきた永太郎に世辞抜きで言った。永太郎は照れたような笑みを武骨な顔に浮かべて、礼を述べた。

「恐れ入ります。これをご縁に、ご贔屓いただければ」

お沙夜は「そうさせていただきます」と頷いてから、問いかけた。

「これほどのお料理なのに、失礼ですが本日はお客様が少ないような」

無遠慮だと自分でも思ったが、本題に入るのを促す意味もあった。永太郎とお葉は顔を見合わせ、こちらの意図を察して話を始めた。

「はい。実のところ、店を開けて以来、満室になった日はございません。いささか入れ物が大き過ぎたようです」

「確かに本所のお店に比べると、大変広いですが……」

お沙夜は思い切って直截《ちょくせつ》に聞いた。

「満喜楼さんに、不興を買っていると聞き及びましたが」

お葉は、はっとしたように左内を見た。左内が頷きながら身じろぎする。

「済まん。お沙夜さんには、話しちまった」

「そうですか。いや、構いません。手前から事情をお話しします」

永太郎は腹を決めたように、一部始終を語った。

「ここを買わないかと持ちかけられたときには、満喜楼さんとの話も進んでいると は全く知らなかったんです。持ちかけた人も、そのことは知らなかったようで。買い取った後、開店のご挨拶に満喜楼さんに出向いたところ、嘲笑《あざわら》いに来たのかと手厳しく言われまして、びっくり仰天した次第です」

「知らなかったと言っても、信じてもらえなかったのですか」

「懸命に事情をお話ししましたが、上辺ではわかったと言われても、お腹の内ではそうでなかったようで。仁義を欠いた店だと、あちこちで言いふらされました」

「それでお店の評判は、すっかり落ちてしまいまして。他の店でも、お客様にうちは信用できない店だという噂が流されたようです」

お葉はそう言って肩を落とした。ちょっとした行き違いが、大ごとになってしまったのだ。

「後で聞いたところでは、満喜楼さんはここを買うのに、千三百両用意されていたそうです。うちはそれに二百両を上乗せし、横から攫《さら》っていった、という恰好になってしまいました」

そういうことなら、満喜楼が不快に思うのももっともだ。

「でもそれは、菊乃家さんより売主の方が責められる話ではないでしょうか」

「はい、私どももそう思ったのですが、同業のお店との付き合いの上では、全て売主のせいだと弁解するのも、いささか」

責任逃れと思われる、というわけか。それはわからなくもない。

「売主は、もとの宿屋の方ではないのですね」

「はい、宿屋から買い取られ、転売されたのです。そういう商いを、たびたびなっている方のようです」

土地や店の売買を生業としているなら、高値を付けた方に売るのは当然だろう。ならば、この店を菊乃家に紹介したという人物は、どういうつもりだったのか。

「仲立ちをされた方は、本当に事情をご存知なかったのですか」

「はい、そうおっしゃっていますが」

おや、とお沙夜は思った。今の答えは、少し歯切れが悪いように聞こえた。

「それは、どなたですか」

「堀江町界隈の町名主をしておられます、間島新左エ門様です」

「間島新左エ門だって」

左内が声を上げた。お沙夜はびっくりして左内を見た。

「鏑木さん、今まで知らなかったんですか」

「ああ、今初めて聞いた」

左内は深刻な顔つきになった。左内も、河津屋の一件については既にお沙夜から詳しく聞いている。

「あの、間島様をご存知なのですか」

お葉が尋ねるのに、左内は慌ててかぶりを振る。

「会ったことはないし、詳しくは知らん。名前だけは耳にしている。名主としては、可もなく不可もない評判のようだが」

「それで、千五百両を借りられたということでしたが、それはどなたから」

お沙夜が急き込むように聞くと、永太郎は一瞬《せ》ためらったが、予想通りの返答をした。

「はい、日本橋南の一文字屋さんです」

やはりそうか。お沙夜は不安が顔に出ないように気を付けて、さらに聞いた。

「このお店を担保にしているんですね」

「ええ、本所の本店の方も」

「それでは、千五百両返済できなければ、何もかも失《な》くすことに」

それを聞いた左内は、深々と頭を下げた。

「済まん、この俺が大した考えもなしに、勝負するのもいいなんて煽っちまった。もう少し慎重になるべきだった。この通りだ」

「えっ、鏑木様、よして下さいよ」

永太郎が笑って言った。

「鏑木様にはそう言っていただきましたが、決めたのはこの私です。それに、商いを続けて行く中で、勝負時というのは間違いなくあるものです。悔やんじゃいませんよ」

そう言って永太郎は、傍らのお葉を見た。

「こいつも、一旦勝負と決めたなら、二人してどこまでも頑張ろう、と言ってくれました。決めた以上は、泥の中であがくようになっても、前へ進みます」

お葉も永太郎の言葉に頷き、こちらに微笑んでみせた。お沙夜は感心した。二人が決めたように、後戻りできない以上、悔やんでも仕方がない。お沙夜は改めてこの夫婦の絆が、羨ましくなった。

「それに、何もかも行き詰ったわけじゃありません。ご贔屓いただいている幾つかの大店の旦那様方から、この人の腕が惜しいと、店を保つのに少しずつでもお貸しいただけるような話もございます。いま少し私たちが頑張れば、何とかやっていけるのではないかと」

「ああ、そうなのか。そりゃあ、何よりだ」

左内はお葉の言葉を聞いて、ほっとしたように肩の力を抜いた。

「あんたたちなら、切り抜けられるとも。もし何か厄介事が起きて俺で役に立つなら、いつでも言ってくれ」

「ありがとうございます。そのお言葉で充分でございます」

永太郎とお葉は、二人揃って左内とお沙夜に頭を下げた。

菊乃家で用意してくれた提灯を持って、神田への夜道を歩きながら、お沙夜が言った。

「ここでまた一文字屋と間島新左エ門が出てくるとは、ねえ」

「あいつら、菊乃家に狙いを定めていやがったか。もっと早く気が付いてりゃなあ」

左内はまた溜息をつく。

「鏑木さん、後悔ばっかりじゃありませんか。少しは菊乃家のご夫婦を見習っちゃどうです」

「わかってるさ。で、どう思う。池之端の売主も、一枚嚙んでるのかな」

「一文字屋の企みを全部知ってるかどうかは、わかりませんけどね。でも儲け話をちらつかせりゃ、言う通りに動いたでしょう。売主にとっちゃ、どう転んでも損はないわけですから」

「一文字屋は、本所と池之端の店を千五百両のカタに手に入れたとして、その後の目途はつけてるんだろうか」

「河津屋さんの店を売るのは、結構手間取ったようですからねえ。今度は最初《はな》から、売り先の見込みがあるんじゃないですか」

「例えば……満喜楼か」

　お沙夜は、間違いないでしょうと頷いた。

「満喜楼にしてみれば、近頃めっきり評判を上げてきた商売敵が一人、いなくなるんです。その上池之端も手に入れられたら、もっけの幸いですものね」

　お葉たちが早々に一文字屋の返済を済ませ、縁を切ってしまえればいいのだが、さすがに難しいだろう。

「俺たちから千五百両、貸してやりたいところだが。そうもいかねえしな」

　お沙夜たちが裏稼業で貯め込んだ金は、途轍《とてつ》もない金額になっている。千五百両など右から左だが、長屋の浪人と常磐津師匠がそんな大金を持っているわけがないので、出すことはできなかった。

「それよりこっちの仕掛けの方、急いだ方がいいかもしれませんね」

「うむ。そう指図しておくか」

　二人は菊乃家の話をそれで終え、下谷《したや》御成《おなり》街道を静かに進んでいった。お沙夜の家までは、あと五町ほどだ。

四

惣兵衛のもとに数日ぶりにやって来た仁伍は、何やら難しい顔をしていた。

「どうした。渥美屋のことで、何か見つかったのか」

「へい、旦那、それなんですがね」

惣兵衛が妙だなと思ったことに、仁伍の言い方には、当惑しているような気配があった。

「渥美屋を探ってるのは、俺たちだけじゃねえようなんで」

「何だね、それは岩代屋という味噌問屋の連中じゃあないのかね」

仁伍はかぶりを振った。

「それとは違うんで。商人風じゃなく、目付きの悪いちょいと面倒そうな奴らなんでさぁ」

「どういうことだ。揉め事でもあるのか。それとも、盗賊が狙ってるのか」

「いや、盗人の下見なら、あんなに目立つやり方はしやせん。商人とか職人とかに姿を変えて見張りますよ。寧《むし》ろ、俺たちみたいな匂いがするんですが」

「目明しが見張ってる、と言いたいのか」

惣兵衛は驚いて言った。渥美屋に何かの疑いでもかかっているのか。

「お前、この前は渥美屋が奉行所に目を付けられているようなことはない、と言っていたじゃないか」

「ええ、確かに。で、俺もおかしいと思って、岡っ引き連中に聞き回ってみたんですよ。でも、誰もそのことを知らねえ。北町配下の連中だけでなく、南町の方もです。御奉行所からは、何もお指図は出てねえんですよ」

「てことは、そいつらが勝手に何かしてるのか」

十手を預かる岡っ引きと言っても、要は悪人に関するネタを拾って歩くのが仕事だ。もとは囚人だった者や、やくざ紛《まが》いの者、本業として岡場所を持っている者や女衒《ぜげん》など、かなり怪しげな連中が多い。真っ当な岡っ引きも居るが、境目がはっきりしないだけに、奉行所の仕事の合間に悪事に精を出す奴らも居る。そんな連中の一人が、渥美屋に目を付けたのかと思ったのだ。だが、仁伍は首を傾げた。

「それがですね、あっしもあの界隈の目明しは大概知ってるが、見たことのねえ顔でして。ただのやくざ者かもしれやせんが、ひょっとすると、違う方の目明しかも、と」

「違う方?」

考えて、惣兵衛はあっと思った。

「もしや、火盗改か」

仁伍が頷く。

「もしかしたら、ですがね」

惣兵衛は首を捻った。火盗改は、長谷川平蔵から森山源五郎孝盛《げんごろうたかもり》に交替してから、目明しの禁令が出ていたはずだ。火盗改の使う目明しが乱暴すぎる上に素行が悪く、身内からまず正す、という意気込みで森山が命じたのである。が、惣兵衛もそれを額面通りに信じ込むほどお人好しではない。表立ってはともかく、裏でまだそういう目明し連中を使っているとしても不思議はない、と思っている。

(しかし、火盗改に目を付けられるとは、いったい渥美屋は何をやったんだろう)

商売上の不正のような話なら、火盗改が乗り出すことではない。かと言って、味噂問屋が火付けや押し込みをやるとは思えない。

「どうなってるんだ。まさか、渥美屋がどこかの大物の盗賊に狙われているのか」

そんな噂を摑んで、盗賊が現れたら一網打尽にしようと待ち構えているのでは。しかしこれにも、仁伍は首を傾げた。

「それなら、真昼間からあんなに堂々と見張ることはねえでしょう。それに、渥美屋の名古屋の本店ならともかく、江戸店を襲っても大した儲けにはならねえと思いやすが」

仁伍の言う通りだ、と思った。惣兵衛のところに金策に来るような店に、大金があるはずがない。少しばかり店の様子を見れば、盗賊どもにもすぐわかるだろう。

「それじゃあ、いったい何なんだ」

苛立ってきて、つい口調が荒くなった。仁伍は肩を竦める。

「正直、わかりやせん。もうちっと、探ってみやす」

惣兵衛は唸るように、「うむ」と返事した。今のところは、これ以上考えても仕方がない。

「それで渥美屋の商いの方はどうだ。何か使えそうなネタはあったのか」

惣兵衛としては、そちらの方が肝心だ。しかし仁伍は、「へえ」と曖昧な返答をした。

「何だ。はっきり言え」

「いや、それがどうも、妙なところがありやして」

「だから、どこが妙なんだ」

「渥美屋の商いは、ほとんど動いちゃいねえんじゃねえか、って気がするんですよ」

「動いてない?」

「ええ。味噌問屋なら、どこか大口の得意先があって、味噌樽を届けに行くもんでしょう。それが、滅多にねえんですよ」

「それだけ不景気だということじゃないのか」

「そうかもしれやせんが、二、三日に一度、思い出したように味噌樽を運び出してるんですがね。試しに一度、尾けてみたら、界隈をひと回りして店に戻ってきたんです」

「回って戻った？　どこの店にも寄らずにか」

　それは明らかにおかしい。

「ひょっとして、取引があるように周りに見せるため、出荷の恰好だけしてるんじゃないのか」

「そうかもしれやせん。まあ、全然取引がないわけでもなさそうです。時折り他所《よそ》の店の番頭らしいのが買い付けに来て、味噌樽を持って行ったりしてますから」

　一度限りの取引ならそういうこともあろうが、続けての取引なら、約定した期日ごとに味噌樽を出荷していくだろう。そういう取引がなければ、到底店を維持していけないはずだが。

「入荷はどうなんだ。名古屋から味噌が届くんじゃないのか」

「へい、あっしが見てるうちじゃ、一度もありません」

　ふうむ、と惣兵衛は嘆息し、腕を組んだ。名古屋からの味噌は、毎日のように届くわけではあるまいから、仁伍が見張っていないときに入ったのかもしれない。だが、他のことと考え合わせれば、少なくともこのひと月ほどは、一度も入荷していないと見た方がいい。これは、どう解釈すべきか。

「旦那、どうしやす。まだもっと探りやすかい」

考え込んでいると、仁伍に催促された。

「ああ、そうだな。もうしばらく続けてくれ」

惣兵衛はそう指図すると、いつもの通り、金の入った紙包みを渡した。仁伍は礼を言って受け取ると、すぐにまた出ていった。

「旦那様」

仁伍がいなくなるとすぐ、後ろから和助が声をかけてきた。今までのやり取りは、聞いていたようだ。

「何だね」

「どうもこの渥美屋という店、胡散臭いとお思いになりませんか」

「うむ……そうだな」

和助の懸念はもっともだ。渥美屋辰次郎はいかにも好人物に見えたが、こうなると却《かえ》って怪しげに思えてくる。

「特に、火盗改の手先かもしれない連中に見張られているというのは……」

本当に火盗改かどうかはわからないとしても、確かにそれは気になる。

「お前は、怪しいと思うか」

「はい。正直に申し上げれば、渥美屋からは手を引いた方がよろしいのでは」

「とは言っても、もう既に千両貸してあるからな」

「千両の貸付には、やましいところはございません。その千両を返済してもらい、手仕舞いとされては如何でしょう。例の料理屋の方は概《おおむ》ね思った通りに進んでおりますし、少しでも危ないと思われるなら、深入りはなさらない方が」

「ふむ、お前の言う通りだろうな」

　裏の商売の方は、これまで大過なく進めてこられた。ここへ来て、無理をする必要はない。惣兵衛は、和助の進言に傾きかけていた。仁伍にもう少し探らせ、疑いを消すような材料が見つからないなら、早々に幕引きを図るとしよう。


　それから数日後、惣兵衛にとっては望ましくないことを和助が告げにきた。

「菊乃家が、三百両返してきただと」

「はい、きちんと約定通りに」

　菊乃家に貸した千五百両の返済は、五回に分割していた。三月ごとに、三百両ずつとそれに見合う利息分を含めて支払うことになっている。今回は、最初の返済日だった。菊乃家の池之端の店の様子を見れば、一回目から返済は覚束《おぼつか》ないだろう、と踏んでいたのだが。

「それほど余裕があるとは思えないが、どうしたんだ」

「それが、ご贔屓筋の大店から融通いただいた、とのことでして」

惣兵衛は顔を顰めた。そんな伏兵が居たとは。

「そうか。だが今回はいいとして、この次はそうはいくまい」

「いえ、他にも手助けいただける大店があるそうで、この先の目途もほぼ立っているとか。これからも精進しますので、よろしくと申しておりました」

精進だと。普通の金貸しなら、これで満足すべきところだが、そう簡単ではない。満喜楼に、菊乃家のことは任せろと請け合っているのだ。満喜楼を怒らせるのは、得策ではない。信用を失えば、裏商売のことを世間に流される恐れがある。ここはどうしても、菊乃家に潰れてもらわねば困る。

「金を返してもらって困るとは、変な話だな、まったく」

惣兵衛は自虐するように言って、苦笑した。何か手を打たねばならない。

回向院から、五ツ半（午前九時）の鐘が聞こえた。三味線を背負ったお沙夜は、少し遅れたかなと足を速めた。今日は、本所林町《はやしちょう》のご隠居のもとへ出稽古に向かっている。出稽古でも、普通はこんな朝からということはないのだが、今回は先方の都合でどうしても、その代わり稽古代は割増しで、というので、承知したのだ。気まぐれなご隠居に付き合うのも仕事のうち、と心得て堅川沿いを歩いていると、ちょうど菊乃家の前に来たところで、お葉と出くわした。

「あらお葉さん、先日は池之端でお世話になりました」

「まあお沙夜さん、あの節は誠にありがとうございました」

向き合って挨拶している横から、往来の男どもが見とれたような視線を浴びせてきた。いずれが菖蒲《あやめ》か燕子花《かきつばた》、か。お沙夜は視線を意識してくすっと笑った。

「ところで何かありましたか。少し騒がしいようですが」

二軒ほど向こうの路地から、厳《いか》めしい顔の何人かの男が出入りしている。野次馬らしいのが二、三人、路地の奥を覗き込んでいた。

「はい、盗人が入りましたようです」

「あらまあ。お葉さんのところは大丈夫でしたか」

「おかげさまでうちは何事も」

「それはようございました。物騒なことですねえ」

「そうですね。戸締りには一層、気を付けようと思います」

路地から八丁堀の同心が出てきた。お沙夜の知らない顔だ。南町の者かもしれない。

「お沙夜さんは、朝から出稽古ですか」

「はい。あ、もう行かなくては。失礼いたします」

「行ってらっしゃいませ。また鏑木様と、お寄り下さい」

お葉は微笑んで一礼した。お沙夜はふと、お葉さんは左内と自分の関係をどう思っているのだろう、と気になった。もしや、少しばかり誤解されているかも。二ツ目之橋《ふたつめのばし》へと向かいながら、ちらりと振り向いた。お葉は店先で、岡っ引きらしい男と立ち話している。盗人の件で何か聞かれているのだろう。ふと、岡っ引きの後ろ姿をどこかで見たような気がしたが、急がなくてはと思い直し、すぐに忘れてしまった。

大ごとになったのは、その二日後だった。

五

朝餉《あさげ》を終えて片付けをしていたお沙夜は、凄い勢いで駆け込んで来た左内を見て、仰天した。

「わあ、びっくりした。鏑木さん、朝っぱらから何の騒ぎですか」

「何の騒ぎって、大変だ。菊乃家の永太郎が、しょっ引かれた」

「えっ、永太郎さんが？　いったい何があったんです」

「食あたりだって話だ。何でも、昨日の昼と晩に菊乃家で食事した人たちが、ひどい下痢や吐き気を起こしてるらしい。医者へ担ぎ込まれたのも何人か居るようだ」

「食あたりって、そんな……」

あまりのことに絶句したものの、お沙夜にも確信はなかった。食あたりは、どこでも頻繁に起こる。料理屋なら充分に気を付けているはずだが、絶対に防げるというものでもない。その日の天候や食材の加減、たまさか入り込んだ何かの虫、家族が家で食あたりになっているのを気付かないまま来店した客など、原因は幾らでもある。

「まさか死人は出てないでしょうね」

「と思うが、何せまだ詳しいことはわからん。俺はこれから菊乃家に行ってみる」

「あ、待って。私も行きます」

お沙夜は下駄をつっかけると、左内の後を追って飛び出した。

菊乃家の表には、二十人ばかりの人垣ができていた。このところ評判を上げていた料理屋で何があったのか、興味津々というところだろう。お沙夜と左内は、その人垣を割って中に入ろうとした。

「おおっと、何だい。入るんじゃやねえ。お調べの最中だ」

三十前後と見える、見栄えのいい岡っ引きが二人を押しとどめた。お沙夜はその男を見て、一昨日この近所に盗人が入ったとき、お葉と立ち話していた岡っ引きだと気が付いた。

「ここの知り合いだ。旦那がしょっ引かれたと聞いた」

「ああ、今、大番屋で事の次第を聞かれてる」

「そうか。それなら、女将さんに会いたいんだが」

左内が言うと、岡っ引きは露骨に顔を顰めた。

「今は無理ですぜ。八丁堀の旦那が話を聞いてる最中だ。出直して……」

岡っ引きが言い終わらないうちに、奥から同心が一人、出てきた。有難い。山野辺市之介だ。

「あ、山野辺様！」

お沙夜が叫ぶように呼ぶと、山野辺は目を丸くしてこちらを見た。

「え、何だ。お沙夜さんじゃないか。鏑木さんも。どうしたんだ。ここの縁者か」

「まあ、そんなようなものです。何があったんですか」

山野辺は困ったような顔をしたが、仕方なさそうに奥を示した。

「ここじゃ何だ。あっちへ」

お沙夜と左内は黙って頷き、奥へ通る。

「おい、野次馬連中をさっさと帰らせろ。邪魔するなよ」

さっきの岡っ引きが、「へい」と応えて表に出ていった。

山野辺は勝手口の方に進むと、厨《くりや》の横の上がり框《かまち》にどっかりと腰を据え、お沙夜と左内にも座れと手で合図した。

「で、どういうことなんだ」

左内が急かすように聞くと、山野辺は渋面になった。

「まだはっきりしないが、口が痺《しび》れたり吐いたり、だ。医者の見立てだとどうも、テッポウの毒らしい」

「テッポウ？　フグの毒だってのか」

フグは当たると死ぬ、ということで俗に「鉄砲」と呼ばれている。素人が調理すると危険なので、幕府はずっとフグ食を禁じてきた。それでもフグの美味さは口伝えに広がり、冬だろうと夏だろうと、たとえ死人が出ても、隠れて食べる人々が絶えることはない。

「食あたりの下痢、と聞いたんだが」

「野次馬が勝手に流した噂だ。しかしフグの毒って話より無難だから、とりあえず何があったのかわかるまでは、放っておくことにした」

「そうか、賢明だな」

左内は頷き、「女将はどうしてる」と尋ねた。山野辺は、閉まった襖の向こうを顎で示した。

「倅と一緒に、頭を抱えてるよ。フグなんか、使っちゃいねえと言ってるんだが」

「話しても、構わんな」

有無を言わせず左内が迫ると、山野辺は不承不承、頷いた。お沙夜はその様子を見て、そっと襖を開けた。

「もし、お葉さん。大丈夫ですか」

座敷の真中に俯いて座っていたお葉と永助は、揃って顔を上げた。二人とも、目に隈《くま》ができるほど深刻な顔付きだ。

「ああ、お沙夜さん。わざわざありがとうございます。このたびは、ご心配をおかけしまして」

お葉は、気を取り直すように丁寧に挨拶した。永助も一緒に頭を下げる。

「たった今、山野辺様からフグの毒、とお聞きしました。いったいどうなすったのです」

お葉は力なくかぶりを振った。

「わかりません。うちでは、フグを扱ったことがないのです。どこからフグの毒などが入り込んだものやら」

お葉は、本当に当惑しているようだ。横から永助も言った。

「フグの毒なんか、入るはずがないんです。他の魚に紛れ込んだんじゃないか、ってお役人は言いますが、お父《と》っつぁんがそんなもの、見逃すはずはありません。どうしたって、おかしいんです」

永助は一気にそう言うと、唇を噛んだ。今度のことが、いかにも信じられないといった様子だ。

「フグは多くの方が食されていますが、表立ってはご禁制ですよね。このことで、御上からお咎《とが》めがあるというようなことは……」

恐る恐るお沙夜が聞いてみると、お葉は哀しげな表情になった。

「今のところは何とも言えないが、間違いなくフグの毒なら、お咎めがあると覚悟した方がいい、とお役人様から言われました。そうなれば、もう菊乃家はおしまいです」

お沙夜は、背筋がひんやりとした。このままでは、千五百両の借財の返済などまずもって無理な話だ。

「そう言えば、千五百両については何とかなりそうだ、と言っていたが……」

左内が思い出したように言うと、お葉はゆっくりとかぶりを振った。

「ご贔屓筋の旦那様方から、少しずつお借りできることになっておりました。でも、菊乃家の信用あっての話です。このことが皆様のお耳に入れば、駄目でしょう」

「そうか……」

左内も何と言っていいかわからないようだ。その場に居るのが辛くなってきたお沙夜は、左内の袖を引いた。

「お葉さん、今日はこれで失礼します。でも、私たちにできることがあれば、いつでも遠慮なくおっしゃって下さいね」

改めて念を押すと、土間に送りに出たお葉は、深々と腰を折った。

「これ永助、お前もお礼を」

お葉は傍らの永助に振り向くと、そう促した。なぜか呆然としたように突っ立っていた永助は、慌てて「ありがとうございます」と一礼した。

お沙夜は、いえ、御気兼ねなくと応じながら、永助は何が気になったのだろう、と訝しんだ。永助が見ていた方に目を移してみたが、門口に山野辺の後ろ姿と、二、三人の目明しが動いているのが見えただけで、おかしなものは何もなかった。

「どう思います、鏑木さん」

菊乃家から充分離れ、両国橋が見えてきたところでお沙夜が言った。左内は苦い顔をした。

「怪しいな。本当にフグの毒なら、永助の言う通り勝手に入り込むわけがない。誰かに細工されたんだろう」

「となると、疑わしいのはやっぱり、一文字屋か間島ですね」

「ああ。一文字屋としちゃ、千五百両を約定通りに返してもらいたくなかったんじゃないか」

「やっぱり、菊乃家の店をそっくり手に入れるつもりだったんでしょうね。それが、ご贔屓筋のおかげで返済に目鼻がついたと聞いて、一気に潰しにかかった。そういうことですか」

「奴らが河津屋を嵌めたのなら、今回も同様だろう」

「何てあこぎな真似を」

　お沙夜は唇を噛んだ。

「まあ待て。今のところ、八丁堀も半信半疑、ってとこだろう。フグを仕入れていないのに、フグの毒だけあるってのはどう考えてもおかしいじゃねえか」

「山野辺さんが、その辺りをちゃんと見極めてくれたらいいんですがねえ」

「あいつも間抜けってわけじゃねえ。見るべきところは見てるさ」

　左内は深刻になるのはまだ早い、と言いたそうだが、お沙夜はそれほど楽観できなかった。


　やはり、思ったようにはいかない。

「フグが見つからない？　じゃあ、料理の仕方を誤って毒が入った、とは言えませんね」

　神田の番屋で山野辺を摑まえたお沙夜は、早速に菊乃家を調べた結果を聞き出していた。フグがないなら、誰かが毒だけ仕込んだのでは、と八丁堀も考えるだろう。そう思ったのだが。

「それが、フグだけじゃねえんだ。店の裏に、料理で余った魚の骨とかはらわたとか、菜っ葉とかを捨てておく樽があったんだが、それが丸ごとなくなってる」

「ゴミが丸ごと？　どういうことです」

「さあな。そんなわけで、フグがあったのかどうか、確かめられねえのさ」

「でも、お葉さんも永助さんも、フグなんか仕入れたことはないと」

「永太郎も無論、そう言ってる。だが、口裏を合わせてるかもしれねえ」

「そんなことって」

「それにだ。ゴミの樽が消えたのは、捨てたフグの残りを隠したからだとも考えられる」

「誰か、樽が持ち出されるのを見た人は居ないんですか」

「残念だが、誰も見てねえ」

誰かが毒を仕込んだなら、店に疑いが向くように樽を隠したに違いない。お沙夜は正面から山野辺を見据え、目付きを険しくした。

「山野辺様ご自身は、どう思われるんですか」

「いや、どうってその……」

山野辺はお沙夜に睨まれて、落ち着きなく視線をさまよわせた。

「客は皆、フグなんか頼んでねえと言ってるし、出された料理にもそれらしいものはねえ。だいたい、フグの旬にはまだ少し早《はえ》えしな。誰も注文しねえのに、わざわざご禁制のフグを調達するとも思えねえ。正直、おかしいとは思ってる」

それを聞いて、お沙夜はすこしばかり安堵した。

「やっぱり。さすがは山野辺様です。よく物事を見ていらっしゃいますね」

一転して持ち上げると、山野辺の表情は目に見えて緩んだ。

「いや、そのぐらいは読まねえとな」

「そうしますと、誰かがフグの毒を持ち込んで料理に入れたかもしれませんね」

「うん、それは俺も考えたが」

山野辺が首を捻りながら言う。

「だとすると、菊乃家に恨みのある奴の仕業《しわざ》ってことになる。人が死ぬほどの毒じゃなかったから、まず嫌がらせだろう。だがな、一応念のため、恨みを買うような心当たりがないかと亭主にも女将にも尋ねたんだが、思い当たらねえようだ」

「そりゃあ確かに、恨みを買うようなお人じゃないと思いますし」

そこでお沙夜は、ふと気が付いたというように口に出した。

「確か菊乃家さんは、池之端のお店を出すのに大金を借りておられますね。千五百両ほどだったかと」

「ああ。お沙夜さんも知ってたか。一文字屋から借りてるらしいな」

「そっちに関わりは、ないんでしょうか」

「え？　いや、それはないだろう。一文字屋としちゃ、菊乃家が潰れて千五百両返ってこなくなったら、まずいじゃねえか」

「ああ……それはそうですね」

ここで一文字屋と間島たちの企みを言っても、始まらない。もとより証しはないのだ。

「いや、お沙夜さんが心配するのはよくわかる。この一件は俺がきっちり調べ上げるから、大丈夫、安心していてくれ」

山野辺は胸を反らすと、いかにも快活そうに言った。

「どうかお葉さんのためにも、よろしくお願いします」

お沙夜は内心とは裏腹に、頼りにしている風を装って頭を下げた。

六

渥美屋辰次郎が再び一文字屋にやって来たのは、千両の貸付を済ませて半月ばかり経ったときだった。

「ふむ。何しに来たのかな」

和助から取り次がれた惣兵衛は、首を傾げた。

「ただのご機嫌伺いのようですが。今日は、お嬢さんをお連れです」

娘を連れて、というなら貸金や商談ではあるまい。通ってもらえ、と告げて座敷で待った。

「やあ一文字屋さん、お世話になっております。突然お邪魔いたしまして」

「ああ、いえいえ。いつでもお寄り下さい。さ、どうぞ」

「恐れ入ります。これは娘の、美代《みよ》でございます」

江戸紫の振袖姿の娘が、辰次郎に続いて畳に手をついた。

「お初にお目にかかります。渥美屋の美代と申します。以後よろしくお願い申し上げます」

年は十八、九だろう。艶《あで》やかな黒髪をつぶし島田にまとめ、その顔立ちは、はっとするほど美しい。

「ああ、これは。一文字屋惣兵衛でございます」

惣兵衛はお美代に挨拶を返すと、辰次郎に向き直り、「驚きました。大変お綺麗なお嬢様でいらっしゃいますな」と世辞抜きで言った。辰次郎は相好を崩した。

「いやどうも、恐れ入ります。こういうのも、鳶《とび》が鷹を生んだと申しますのでしょうか」

その通り、今戸焼《いまど》の狸然とした辰次郎の血を引く娘とは、俄《にわ》かに信じ難い。お美代は、戸惑ったように俯いている。

「いえいえ、渥美屋さんの男ぶりもなかなかです。さて、本日はお嬢様もご一緒に、どのような」

「ああ、それなのですが……」

渥美屋は、どうしたことか照れたような笑いを浮かべて、言葉に迷っているようだ。仕方なく待っていると、ようやく切り出した。

「実はその、一文字屋さんの本業のご商売の方なのですが」

「ああ、菓子の方でございますか。何かお求めで」

「ええ、それが……噂に聞くところによりますと、一文字屋さんでは、その、内々で特別な菓子をお出しになることがある、とか」

惣兵衛は、内心で舌打ちするとともに苦笑した。渥美屋め、どこかで一両の菓子の話を聞き込んできたのか。

「ははあ、これは……困りましたな」

惣兵衛はいかにも戸惑ったように、頭に手を当てた。

「あまり外へはお話ししていないのですが」

辰次郎は、承知していますと手を振った。

「いや、大変不躾なのは承知しておりますが、私はその、味噌屋などやっておりながら、甘いものに目がありませんで。日ノ本一、贅を極めた菓子があるとの噂を耳にしましてから、居ても立ってもいられず……いや、お恥ずかしい」

辰次郎は顔を赤らめ、頭を掻く。

「日ノ本一、とはまた、大層なお言葉で」

惣兵衛は苦笑を表に出し、さてどうしたものかと考えた。一両の菓子は、御上の耳に入れば倹約令に盾突くものとしてお咎めを受けるので、ごく限られた信頼のおける大店の旦那衆にしか出していない。そうした金持ちどもの密《ひそ》かな虚栄心を満足させ、いざというときはこちらのために働いてもらうのが狙いだ。この渥美屋のように、どこか信の置けない男を関わらせたくはないのだが。

「いえいえ、誠に日ノ本一。それが娘にも知られてしまいまして、是非にと申すのですから、ついこうしてお伺いしてしまいました次第で」

辰次郎は手拭いを懐から出し、額の汗をぬぐった。娘には相当甘いようだ。お美代は、「父様ったら……」と窘《たしな》めるように小声で言うと、ほんのり赤くなって俯いた。辰次郎が赤くなると酔った狸のようだが、お美代の方はその恥じらいが何とも愛らしい。惣兵衛はつい目を細める。

「そうまでおっしゃられては、仕方ありませんな。少々お待ちを」

まあ良かろう。誰が漏らしたのか知らないが、断って臍《へそ》を曲げられても面倒だ。惣兵衛は手を叩いて、和助を呼んだ。

「和助、例の奥向きの菓子を」

和助はちょっと驚いたように眉を上げたが、すぐ「かしこまりました」と返事して、その場を下がった。

「お待たせいたしました。こちらでございます」

しばしの後、和助自身の手で茶と共に盆に載せて運ばれてきたものを見て、辰次郎は「おお」と感嘆の声を漏らした。

「これは、葛饅頭でございますな。しかし、並みの葛饅頭とは色艶からして違う」

よだれをこぼしそうな顔つきだ。お美代の目も、きらきら輝いている。

「最高の吉野葛を使いました本葛粉を、京より取り寄せております。餡の小豆は丹《たん》波《ば》大納言《だいなごん》で、これも最高のものを、京から」

そう口上を述べてから、さあどうぞと皿を差し出す。表で売っている葛饅頭よりひと回り大きく、金粉がまぶされていた。

「頂戴いたします」

辰次郎は添えられていた楊枝で葛饅頭を切り、そうっと口に運ぶ。そして口に入れた途端、うっとりとした表情を浮かべた。しばしそのまま目を閉じ、時をかけて味わうようにしてから、ほうっと息を吐いた。

「これは……素晴らしい。舌先でとろけるような、まさに極楽の味わいでございます」

惣兵衛が「恐れ入ります」と応じると、辰次郎はお美代に、お前も、というように頷いてみせる。お美代は待ちかねたように手を伸ばした。葛饅頭を口に含んだお美代は、父親と同様に目を閉じ、恍惚《こうこつ》としたように「美味しい……」と呟いた。

（ずいぶんと美味そうに食べるものだ）

惣兵衛は半ば呆れ、半ば感心した。二人の様子は、いささか芝居がかっているようにさえ見えた。よほど甘味に目がないのだろう。

「いや、さすがでございますな。この渥美屋、感じ入りました。まさしく一両、と言われるだけの逸品です」

辰次郎は葛饅頭をひたすら褒め上げ、惣兵衛をさらに苦笑させた。お美代も、まだ余韻を楽しんでいるのか、ぼうっとしている。

「お気に召していただけまして、幸いです」

惣兵衛が如才なく言うと、辰次郎は懐から二両を出し、前に置いた。

「ご無理を申しまして申し訳ございませんでした。しかし、その甲斐はありました。

誠にありがとうございました」

　辰次郎とお美代は、畳に丁寧に両手をついた。

「よろしければ、また季節を変えてお越しください。季毎《ごと》に趣向を変えたものをご用意しておりますので。ただ、このお話はどうか他言無用にお願いいたします」

「もちろん、承知しております。では、本日はこれにて失礼をいたします」

　顔中に満足を浮かべたような父娘は、和助の案内で裏の方から帰って行った。

　それからほどなくして、渥美屋と入れ替わるように仁伍がやって来た。

「その先で渥美屋と娘にすれ違いやしたが、何の用だったんです」

「何でもないさ。例の一両菓子の噂を聞いて、食べに来たんだ。親子揃って、大の甘党らしい」

「へえ、一両菓子ですかい。おめでたい野郎だ」

　仁伍が嗤う。その通り、あの葛饅頭には一両もの価値はない。最高の材料を使い、本物の金粉をまぶしてあるのは間違いないが、それだけで一両になるはずがない。だが、思い切って高値を付けてやれば、人は値段に惑わされて価値を信じ込み、勝手に有難がってくれるのだ。

（商いとは、不思議なものだ）

物の価値が値段を決めるのか、値段が物の価値を決めるのか、時々わからなくなる。そこに折り合いを付けた者が、人から抜きん出て儲けを手にするのだ。

「で、奉行所の方はどんな様子だ」

仁伍の表情が硬くなる。

「どうも、どっちとも決めかねているようで。出入りの魚屋に、菊乃家が何を仕入れたのかきっちり確かめてやす」

「永太郎がフグなど仕入れていないと言うのを、信じる方に向いているのか」

惣兵衛は渋面になった。奉行所は永太郎の過ちによる食あたり、とすぐに決めるだろうと思ったのだが、少し簡単に考え過ぎていたようだ。

「とは言っても、屑《くず》として出した魚の使い残しは全部始末しましたし、フグを使わなかったという証しもねえわけで。奉行所もいつまでもこいつに関わり合っているほど暇じゃねえ。曖昧なままで終わらせちまうと思いやすよ」

仁伍は、初めの思惑通りに進まなかったばつの悪さを覆い隠すように、言った。

惣兵衛は仁伍を睨んだが、どっちつかずで終わらせ、永太郎が放免になったとしても、菊乃家の信用が大きく傷ついたことは間違いない。これで池之端だけでなく、本店の客足も遠のくだろう。

「まあ、結果が大差なければ良しとするか……」

そう言いかけたとき、裏木戸が開いて男が一人、入ってきた。

「お邪魔しやす、親分、旦那」

「おう、弁蔵《べんぞう》か。何だ」

仁伍が振り向いて声をかけた。弁蔵と呼ばれた男は、軽く頭を下げて近くに寄った。大柄で痩せた三十男で、無精髭が目立つ顔に、酷薄そうな目が光っている。下っ端のやくざ者の趣だが、時に仁伍の下っ引きも務め、汚れ仕事も厭《いと》わない。普段は仁伍と惣兵衛から貰う小遣いで食いつないでいた。

「へい、親分。この二、三日、親分の周りに若いのが一人、うろついているのに気付きやしたかい」

「若いの？　どんな奴だ」

「ああ、やっぱりお気付きじゃなかったんで」

弁蔵は点数が稼げたとばかりに、下卑《げび》た笑いを浮かべた。

「見たところ十五、六ですが。商人の倅か何か、って感じなんで、もしかしたらその、って思いやして」

「何だと……」

惣兵衛はそれを聞いて、身を乗り出した。

「おい仁伍、そりゃあ菊乃家の永助じゃないのか」

仁伍はそれに答えず、少し慌てた様子で弁蔵に迫った。

「おい、そいつは何をしてやがった」

「へい、どうも親分の評判を聞いてたようなんで。どういうつもりか知りやせんが」

「俺の評判なんか聞いて、どうしようって……」

「仁伍！」

辛抱できずに、惣兵衛は怒鳴った。仁伍が身を竦め、こちらを向いた。

「お前、まさかフグの毒を仕込むところを、永助に見られたんじゃあるまいな」

「えっ、いや、そんなことは……」

そう言いながらも、仁伍の顔が引きつった。

「毒って旦那、何の話です」

弁蔵が尋ねてきたので、しまったと思った。弁蔵は、仁伍が菊乃家の調理場に入り込んでフグの毒を仕込んだことを、知らないのだ。しかしまあいい、と惣兵衛は思った。いずれこの弁蔵にも、手伝わせねばならなくなりそうだ。

「ああ、そう言やァ、ここへ来る前にその先ですれ違いやしたぜ。ことによると、親分を尾けて、この店に入るのを見届けたんじゃありやせんかね」

事情が見えてきたらしい弁蔵が、面白そうに言った。仁伍はうろたえている。

「なっ、何だと。いい加減なことを言うんじゃねえぞ」

「何をやっているんだ」

惣兵衛は苛立ちを隠さず、声を強めた。

「岡っ引きが半分ガキみたいな素人に尾けられてどうする。ここへ来たのまで見られたなら、面倒なことになるぞ」

永助が仁伍のしたことを見ていて、それと自分とを結び付けられてはまずい。惣兵衛は仁伍を睨みつけた。

「こいつはお前の不手際だ。早々に何とかしろ」

「へ……へい、承知しやした」

仁伍が慌てて言った。その横で何を考えているのか、弁蔵はニヤニヤしたままこの様子を眺めている。

第三章

一

　お沙夜と左内は、再び菊乃家の座敷に居た。表口は閉めきられ、永太郎の下で働く料理人も膳を運ぶ女たちも、店が開けられるようになるまではと暇を取らせているため、店の中はがらんどうでひどく寂しい。

「そんなわけで御奉行所の方でも、永太郎さんが御法に触れるようなことをしたとは思っていないようです」

　お沙夜は山野辺から聞いていることを話し、だからあまり心配しないでとお葉を励ました。お葉は安堵したようだが、その顔はすっかりやつれている。

「ありがとうございます。うちの人が罪人にならずに済めば、何よりです」

「永太郎が戻って来れば、店は開けられるんだろう？」

　左内は薄暗い店の中を見渡し、確かめるように言った。が、お葉は困った表情を浮かべた。

「さあ、それは。一度悪い評判が立ちますと、果たしてお客様に戻って来ていただけるかどうか……。再びご信用を得るまでには、相当な月日がかかりましょう」

左内とお沙夜は、顔を見合わせた。お葉は、御上のお咎めがなかったとしても、一文字屋から借りた金を返せる目途が立たないので、店の再開は難しい、と暗に言っているのだ。

「だが、そこはまあ、考えようだ。借金のカタに店を取られても、永太郎の腕があればいくらでもやり直せるさ」

左内は殊更《ことさら》明るく、そんなことを言った。

「この店がなくなったとしても、借金もなくなるんだ。一から出直したって、すぐにこれくらいの店は持てるようになるとも」

お葉は俯き加減に「はい」と答え、「そうありたい、いえ、そうしなければと思っております」と言いながら、何とか笑顔を作った。

お沙夜は横目で左内を睨んだ。左内の言い方は、楽天的過ぎる。元気づけるのもいいが、安易な励ましは、それに応えようとするお葉と永太郎に、過大な負担を強いることになりかねない。

お沙夜の目付きで、左内もそれに気付いたらしい。わざとらしく咳払いすると、

「いや、まあ、あまり無理をし過ぎないようにな」と急いで付け足した。

「ところで、今日は永助さんは」

お沙夜は話を変えた。どこかに出かけたのか、倅の永助の姿が見えない。

「はい、昨日今日と、何か用事があると言って出ております。行き先は言いませんでしたが」

「そうですか」

金策に回るにはまだ未熟過ぎるし、家の危機を放って遊び回るような男ではない。どんな用事だろう。

訝しんでいると、お沙夜の胸の内を読んだかのように、勝手口の戸が開いて永助が入ってきた。

「ああ、お帰り。今、鏑木様とお沙夜さんが、お見舞いに……」

そう声をかけるお葉に無言で頷き、永助はお沙夜たちに「ご心配いただき、ありがとうございます」と頭を下げた。それからお葉の方にさっと顔を向けた。お沙夜

は「おや」と思った。永助の顔は、何か思いつめたように強張《こわば》っている。

「おっ母《か》さん、話があるんだ」

「話ですって。お客様がお見えなのに、後になさい」

永助はちらりとお沙夜たちをきまり悪そうに見たが、「済みません」と言って、もう一度母親に向き直った。

「大事なことなんだ」

切羽詰った様子に、お葉も困惑顔になった。どうやら、お沙夜たちが居ては話しにくいようだ。お沙夜は左内に目で合図して、腰を上げた。

「どうもお邪魔をいたしました。どうか、深刻に考え過ぎないようになすって下さい」

「申し訳ございません。すっかりご心配をおかけしまして」

畳に両手をついたお葉に送られ、お沙夜と左内は外に出た。

「何でしょうね、永助さんの話って」

堅川に沿って両国の方へ歩き出してから、お沙夜は菊乃家を振り返って言った。

左内も首を捻る。

「さあ。わからんが、永助の顔つきからすると、どうも難しい話のようだな」

「どこかで店の評判について、何か言われたんでしょうか」

「そういうことでもなさそうだが……」

言いかけた左内は、隣家を通り過ぎざま、眉をひそめた。

「どうしました、鏑木さん」

気配に気付き、お沙夜は小声で問うた。左内は家二軒分ほど先に出てから、目の動きで後ろの方を示した。

「菊乃家の隣の家の陰に、岡っ引きが居る。確か、永太郎がしょっ引かれた日、ここに来たときに会った奴だ」

お沙夜はそれを聞くや、手にしていた巾着袋を、手が滑ったような動きで地面に落とした。

「あら、いけない」

お沙夜は振り向いて袋を拾い上げざま、さっと菊乃家の方向に目を走らせた。居た。家の陰から顔を出していた三十くらいの見てくれのいい男が、お沙夜の視線に捉えられる瞬間、さっと横を向いた。

「見つけた。間違いない。この辺りで盗人騒ぎがあったときにも、出張ってた岡っ引きですよ」

ほとんど唇を動かさずに、左内に言った。左内が微かに頷く。

「八丁堀の指図で、見張らせているのかな」

「そうでしょうね。まだ永太郎さんの疑いが、すっかり晴れたわけでもないんだね」

お沙夜は腹立たし気に言うと、左内を促して足を速めた。

次の日の朝、お沙夜は激しく戸を叩く音で目が覚めた。何事かと跳ね起き、身構えるお沙夜の耳に、早口で怒鳴る彦次郎の声が飛び込んできた。

「姐さん、姐さん、起きてやすか。開けて下さい、早く」

彦次郎がこうも急ぐのは、余程のことだ。お沙夜は寝間着に上っ張りを引っ掛けて、表の心張り棒を外した。

「姐さん、本所相生町の菊乃家をご存知でしたよね」

戸が開くと、彦次郎は朝の挨拶も飛ばしていきなり言った。

「ええ、昨日も行ってきたところだけど」

「えらいことになってます。すぐ行った方がいいですぜ」

「えらいこと？　何があったの」

「あそこの女将と倅が、首を吊ったんで」

「なっ……」

お沙夜は驚愕して言葉を失った。昨日の昼間には、落ち込んではいたものの、そこまで思いつめた様子ではなかったのに。

「わかった、すぐ着替えるから！」

お沙夜は叩きつけるように戸を閉め、大急ぎで寝間着の帯を解いた。昨日、お沙夜と左内が帰ってから、菊乃家で何があったのだろう。

両国橋へ向かって走りながら、彦次郎がかいつまんで事情を話した。

「見つけたのは、隣の婆さんです。今朝、明けの六ツ半（午前七時）頃に見つけて、大慌てで番屋と鏑木さんに知らせたんですよ。で、鏑木さんからあっしのところへ、使いが来やした」

今は五ツ（午前八時）を過ぎたところ。通りは、仕事に出かける人々で混み始めている。見つけてからまだ半刻余りとは、知らせが早い。

「番屋はわかるけど、どうしてそのお婆さん、鏑木さんに？　知り合いだったの」

「どうやら鏑木さんが、菊乃家の女将のことを心配して、婆さんに小遣いを渡して様子を見てもらってたらしいです。何かあったら、すぐ知らせてくれ、ってね。それが役に立ったわけで」

そういうことか。いかにも左内らしい気配りだが、自害を止められなかったのは残念だ。

相生町に入ると、菊乃家の前に人だかりができているのがすぐ目に入った。彦次郎が舌打ちする。

「野次馬どもめ。姐さん、裏へ回りやしょう」

人垣に押し入って注目を浴びたくはないので、お沙夜は彦次郎と共に路地の奥の勝手口に回った。こちらは目立たないので、野次馬の姿はない。

戸を押し開け、中に足を踏み入れたところで、岡っ引きに止められた。知らない顔の男だ。

「何だお前さんは。勝手に入るんじゃねえ」

彦次郎は渋い顔で一歩引いた。お沙夜が言い訳をしようと口を開きかけたところで、店の中から声がした。

「ああ、お沙夜さんか。いいんだ。通してやってくれ」

そちらを見ると、山野辺が十手で手招きしていた。奥に左内の姿も見える。岡っ引きは「へい」と頷き、脇へどいたが、まだ彦次郎の顔を睨んでいる。彦次郎も居心地が悪くなったか、「じゃ、あっしはこれで。中の様子は、後で教えておくんなさい」と言って、さっと踵を返した。お沙夜は仕方なく頷くと、山野辺の傍に寄った。

「山野辺様、何があったのですか。どうして首をくくるなんて……」

「待ってくれ。俺もまだ来て間がない。もう少し調べてからだ」

「お隣の方が見つけたと聞きましたが」

「うん。隣の婆さんの話じゃ、今朝六ツ半過ぎに起きて菊乃家を見ると、いつもは明け六ツ（午前六時）には起き出して雨戸を開けているのに、まだ閉まってたそうでな。出かけず家に居るのはわかってたから、どうにも胸騒ぎがして行ってみると、勝手口の戸締りはされてなかったんで、戸を開けて中へ入ってみた。そこで、梁《はり》からぶら下がっている二人を見つけて、腰を抜かした、ってわけだ」

「とにかく、入らせて下さい」

「いや、そいつは……」

山野辺はお沙夜を押しとどめ、ちらと後ろを窺った。お沙夜が覗き込むと、土間に置かれた戸板に、人が二人、横たえられているのが見えた。お沙夜はそちらへ足を踏み出す。

「止《よ》せ。若い娘の見るもんじゃねえ」

山野辺が慌てて止める。気遣いはわかるが、若い娘とは皮肉か、とばかりにお沙夜はずいと奥へ入った。そこで、思わず足が止まった。

横たわっているのは、永助とお葉に間違いなかった。二人とも寝間着姿だ。美しかったお葉の顔は醜く歪《ゆが》み、どす黒く染まっている。半開きになった口から舌が飛び出していた。永助の方も、同様だ。お沙夜は、堪らず目を背けた。ふと上を見ると、梁から縄が二本、ぶら下がったままになっている。その縄で首を吊ったのだ。見るのも辛く、お沙夜は目を下に戻した。

そこで、はっと気付いた。亡骸《なきがら》の横で背中を丸めてうずくまり、肩を震わせている男が居た。左内が傍らで膝をついている。

「永太郎……さん？」

お沙夜は驚いて山野辺の方を振り向いた。山野辺が頷く。

「毒については、やはり証しが見つからねえんで、明日にでも放免するはずだった。そこへこの知らせがあってな。あまりにも気の毒なんで、吟味与力様がすぐに放免を決めたんだ。それで、俺が連れて来た」

「そうだったんですか」

それなら、もっと早く放免してやれば良かったのに。そうしていたら、こんなことにはならなかったろうに。山野辺も同じ思いのようで、済まなそうに目を逸《そ》らしている。

「あの……永太郎さん」

お沙夜は改めて声をかけた。が、永太郎は顔を上げない。

「何でだ……何でもう少し、待ってくれなかったんだ……畜生……畜生」

嗚咽《おえつ》と共に、そんな呟きを繰り返している。左内が、そっとしておいてやれ、と目で告げた。

表でざわめきが起きた。何事かとそちらを見ると、岡っ引きの一人が真っ白な総髪の小柄な男を案内してくるところだった。

「ああ、良斎《りょうさい》先生、呼び立てて済まねえ」

山野辺が気付いて、迎えに立った。どうやら町医者らしい。六十はとうに過ぎていそうだ。

「ホトケを診てほしい、ということだったな。儂《わし》は生きた患者を診る方が得意なんだが」

「いつもの減らず口はいいから、こっちへ来てくれ。ホトケはその二人だ」

良斎は、ああ、と唸って泥鰌《どじょう》髭をしごきながら片膝をつくと、亡骸に手を合わせた。左内はその様子を見て、永太郎を立たせ、奥に連れて行った。ホトケを診る、とはどういうことだろう、とお沙夜は訝しんだ。普通は山野辺自身が亡骸を調べるのだが、医者を呼んだということは、何か気になることを見つけたのだろうか。

「ふむ、首を吊ったようだな。死因はそれだ」

一通り亡骸を改めてから、良斎はもっともらしい顔で言った。お沙夜と山野辺と岡っ引きは、不謹慎にも倒れそうになった。

「あのなあ先生、ンなこたァ、最初《はな》からみんなわかってるよ。知りたいのはその先だ」

山野辺が苛立って言ったが、良斎は平然としている。

「慌てるな。物事には順番というものがある」

良斎はお沙夜たちの疑わし気な視線をはね返し、永助の首筋を仔細に調べ始めた。やがて満足したのか、永助から離れると、次はお葉の首筋にも手を当てた。

「ふむ。やはり首を吊ったことで死んだのは間違いない。この女、ずいぶん別嬪《べっぴん》だったようだが、勿体ない話だな」

さすがに医者だけあって、変わり果てた姿からも生前の容貌はわかるらしい。良斎は、首から下の方に目を移していったが、胸元を見ると、目が険しくなった。それからさらに下へと目を動かし、寝間着の裾に手をかけて開いた。下半身が露《あら》わになり、お沙夜はぎょっとして思わず奥の方を見た。永太郎は左内と並んで座り、背中を向けたままだ。こんな様子を見られないで良かった。

良斎はお沙夜が目を背けている間に、調べを済ませて裾を元に戻した。それから、手首や足首、口の中などを順にゆっくりと見ていく。お沙夜と山野辺は、ひと言も口を挟まず、じっと待った。

「よし、もうよかろう」

四半刻も経ったかと思ったとき、良斎はようやく背を起こした。山野辺が、ほっとしたように呼びかける。

「どうだい、先生」

「まずそっちの話を聞こう。どうして儂を呼ぶ気になった」

問われた山野辺は、お沙夜の方をちらりと見て、口籠《くちごも》った。素人のお沙夜に聞かせていいものか、迷っているようだ。が、結局、腹を決めたのか話し始めた。

「最初に妙だと思ったのは、二人が寝間着姿だったからだ。一度布団に入ってから、改めて起き出して首を吊る、ってのはあんまり聞いたことがねえ。で、もしやと思って首筋の縄の跡を調べたが、おかしなところはなかった」

「ははあ、誰かが絞め殺してから、首吊りに見せかけたかもと思ったんだな。うむ、儂の見立てでもそれはなさそうだ。そんなことをすれば、首を吊った跡と絞めた跡と、痣《あざ》が二通りできてしまう」

「ああ。それに、争った傷もなかった。ところがだ。よくよく見ると、二人の口の周りと女将の手首に、擦れたような跡があるんだ。どうもこれは怪しいだろ。他に妙な痕跡はねえか、先生に診てもらおうと思ってよ」

「なるほど。医者である儂を呼んだのは、薬が使われたかも、と思ったからか」

「そう思った、ってわけじゃねえが、あり得なくもないからな。念のためだ」

「まあ……すごい、さすがです。山野辺様」

これは世辞ではない。少なからず感心してお沙夜が褒めると、山野辺は照れたように頭を掻いた。

「で、どうなんだ」

話を終えた山野辺が迫ると、良斎は近くに寄れと手招きしてから、小声で言った。

「掛け布団を調べろ」

「何だって？」

「掛け布団だ。男の方、女将の倅か。その口の中に、ごく小さな綿くずがあった」

「それは……誰かに口に布団を押し付けられた、ということですか」

お沙夜が驚いて言うと、良斎は「その通り」と答えた。

「寝ていたところをそうして襲われ、息ができなくなって気を失った。それから首に縄をかけられ、吊るされた」

淡々と話す良斎に、山野辺は「うーむ」と唸った。

「次は女将だ。倅が襲われた異変に気付いて、目を覚ましただろう。そこを押さえ込まれ、猿ぐつわを嚙まされたうえ、手も縛られた。たぶん、はっきりした跡のつきにくい、幅広の柔らかい布。手拭いか、寝間着の帯か、そんなものだろう」

「やはりそうか」

山野辺が得心したように深々と頷く。

「それだけじゃない。女将には死ぬ前に男と交合《まぐわ》った跡がある」

お沙夜の背筋に悪寒が走った。

「それじゃ、先生……」

「ああ。間男が居て、直前に密会していたというのでもない限り、下手人に手籠《てご》めにされた、ということだな。寝間着の胸元もだいぶ緩くなっていた。間違いあるまい」

「酷《ひど》い……」

お沙夜は唇を嚙み、握った拳を震わせた。良斎の見立ての通りなら、その外道、見つけ出して必ず償いをさせてやる。

「永太郎に、どう話したものかな」

山野辺は、困惑した様子で溜息をついた。

「それはあんたの仕事だ。ああ、それから、薬が使われた痕跡は見つからなかった」

良斎はそう言ってから、山野辺に厳しい顔を向けた。

「これだけで奉行所としては決められんかもしれんが、儂に言わせれば、こいつは紛う方なき殺しだ。気を失っている二人を持ち上げて吊るすのは、一人じゃ無理だ。下手人は、少なくとも二人居る。必ずお縄にしろよ」

良斎は山野辺の背中を、どんと叩いた。山野辺は苦い顔で、「わかった」と返事した。

「山野辺様、本当にお願いします。お葉さんたちの仇《かたき》を討って下さい」

お沙夜は、真剣な顔で山野辺に迫った。だが、胸の内では違うことを考えていた。この下手人の始末をつけるのは、奉行所でなく私だ。

「ああ、きっとお縄にしてみせるさ」

山野辺は、良斎にした返事より、遥かに力強い声で言った。お沙夜は「是非にも」と念を押してから、ふと思い出して言った。

「そう言えば、ここを見張っていた岡っ引きはどうしたんです。その人は何も見てなかったんですか。今も姿が見えないようですが」

「え？」

山野辺は怪訝な顔をした。

「誰にも、ここを見張らせちゃいなかったが」

二

一文字屋惣兵衛は、ひどく不機嫌だった。番頭から丁稚に至るまでが、主人の気分を察してピリピリしている。それが惣兵衛にもわかるので、却って苛立ちが募った。

（あのろくでなしめ）

惣兵衛の怒りの矛先は、仁伍であった。菊乃家のことは片付いた、と得意げに報告に来たのだが、どう片付けたかを聞いて、何と短慮なことをやったのか、と呆れ返った。菊乃家の女将と倅をおとなしくさせる方法は幾らでもあるだろうに、深く考えもせず、一番簡単な方法を採ったのだ。

仁伍は永助に尾けられたと知ってすぐ、菊乃家の様子を探りに行ったのだが、そこで永助がお葉に、近所に入った盗人の調べと称して調理場に入り込んだ仁伍が、出汁《だし》に何か入れているのを見た、と話すのを盗み聞いた。一旦戻って策を練ればいいものを、仁伍は弁蔵を呼び寄せ、夜中に菊乃家に押し入ったのである。

「ですが旦那、ご安心を。ちゃんと細工は施しやした。首吊りに見せかけたんです。亭主がしょっ引かれ、店の評判もがた落ちで、これじゃあ先行きがないと思いつめて心中、てぇわけで。見かけがちゃんとしてりゃあ、八丁堀も覚悟の心中と信じやすぜ」

仁伍の拙速さに怒ったものの、それならば大丈夫かと腹立ちを抑えた。ところが、仁伍が帰った後で弁蔵が現れ、菊乃家で何があったかを話した。それで、仁伍の言うように簡単に済むことではないのがわかった。

「菊乃家の女将を、殺す前に手籠めにしただと」

「へい、そうなんで。あっしは止めたんですがね」

あの馬鹿め、と惣兵衛は歯軋《はぎし》りした。菊乃家のお葉は、三十四の大年増だが頗《すこぶ》るいい女だ。女に目がない仁伍が、辛抱できなかったのもわからなくはない。だが、それは余計な証拠を残すことに他ならない。手籠めにされていることに役人が気付けば、忍ち首を吊っての心中という見かけは危うくなる。

「旦那、どうしやす。何か手を打ちやすかい」

弁蔵が顔色を窺うように聞いた。ふむ、と惣兵衛は考える。この弁蔵という男、いつも薄笑いのようなものを浮かべているのが気に入らないが、仁伍よりは頭が回るようだ。

「そうだな。少し考える。何かやってもらうときは、その都度指図する」

弁蔵は、承知しやした、と返事して、すぐに出ていった。

しばらくして、間島新左エ門がやって来た。いつもはおとなしい男が、大層な剣幕だ。案内する和助を突き飛ばすようにして、座敷にずかずかと踏み込んだ。

「一文字屋さん、これはどういうことだ」

「まあちょっと、落ち着いて下さい。何をいきり立っているんです」

惣兵衛が宥《なだ》めると、新左エ門は大きく息を吐いて惣兵衛の正面に座った。

「何をって、菊乃家さんのことに決まってるでしょう。まさか、二人を殺すなど……」

「ちょっと待って下さい、そんな大声で。まるで私が殺したみたいな言い方ですな」

「とぼけなさんな。私だって馬鹿じゃない。菊乃家が潰れて得をするのは、私たちと満喜楼だけだ。そのためにフグの毒を使ったりしたんじゃありませんか。もしや、料理に毒を仕込んだことを菊乃家に気付かれ、口を塞《ふさ》がざるを得なくなったんじゃ……」

惣兵衛は内心ぎくりとしたが、一切顔に出さずに強弁を続けた。

「馬鹿なことを。菊乃家のお二人は、店の先行きを悲観して自裁なすったのです。殺しだなどと、滅多なことを口にしてもらっては困る」

「自裁ですと。馬鹿馬鹿しい。亭主の疑いも晴れつつある今頃になって、自裁などするものですか。私には、仕事柄八丁堀に知り合いも居ます。八丁堀は明らかに、首吊り心中との見方に疑いを持っていますよ」

惣兵衛は腹の中で悪態をついた。やはり仁伍の不手際を、八丁堀に見抜かれたのだ。

「一文字屋さん、私たちはもう何年も裏の商売をやっている。おかげで、ずいぶんと稼がせてもらいました。しかしもとはと言えば、私があなたに持ちかけた話だ」

「何が言いたいんです」

「だから幕引きも、私から言い出させていただく。金儲けだけならいいが、殺しとなると話は別だ。きっぱりと、手を引かせていただきます」

「抜けるとおっしゃるんですか」

惣兵衛は顔を顰めた。裏商売の大方は惣兵衛が段取りしているが、新左エ門の町名主としての信用は、客を摑まえるのに必要だった。だが新左エ門は、それを見透かすように言った。

「そういうことです。以後、裏の商いをお続けになりたければ、一文字屋さんだけでおやりになればいい。私はもう充分です」

続けたければ、自分でカモを見つけて勝手にやれ、ということか。惣兵衛は新左エ門を睨みつけたが、その気が変わることはなさそうだ。

（一件でどれだけの儲けがあるか、あんたも承知しているだろうが。殺しの一つぐらいで怖気づきやがって）

そう怒鳴りたかったが、本音とは裏腹に、こう言い返した。

「それは残念です。あらぬ疑いで長年の商いを袖にするとは。まあいい、ならば勝手になさい」

高飛車な返答を聞いた新左エ門は、憤然として立ち上がった。

「では、話は終わりですな。どうも今まで、お世話になりました。あ、お恐れながらと御上に訴え出るつもりは、さらさらございませんのでご安心を。それでは」

何が「さらさらございません」だ。そんなことをすれば、あんたも一蓮托生じゃないか。承知のうえで下らぬ嫌味を言いおって。惣兵衛は見送りに立とうともせず、腕組みしたまま新左エ門が去った廊下を、じっと睨んでいた。

その翌日、昼下がりのことである。惣兵衛は手代の一人を連れ、三十間堀川《さんじっけんぼりがわ》にかかる木挽橋《こびきばし》に向かって、武家屋敷に挟まれた通りを歩いていた。本願寺《ほんがんじ》に近い旗本屋敷に、注文の菓子を届けがてら挨拶に寄った帰りである。

　手代は惣兵衛の不機嫌を察し、少し離れてついてきていた。昨日の新左エ門の態度は、何度思い返しても腹立たしい。その不快を抑え込み、旗本屋敷では精一杯愛想を振りまいていたのだから、今はその反動で、尚更気分が悪かった。

（新左エ門といい、仁伍といい、何をやってくれるんだ）

　道端の猫でも蹴飛ばしてやりたいところだ。自然に足が速くなった。

　突然、塀の陰から現れた侍に、道を塞がれた。何だと思い、一礼して脇を通り抜けようとすると、侍は一歩動いてそれを遮った。

「あの、何でございましょうか」

　侍の身なりはちゃんとしていて、追剝《おいはぎ》には見えない。この道は人通りが多い方ではないが、他の通行人も何人か見え、助けを呼ぶこともできる。後ろの手代は、何をしているのか。

　振り向くと、そこにも侍が居た。気付くと、惣兵衛は三人の侍に囲まれていた。手代はその後ろで、怯《おび》えたように立ちすくんでいる。

「どのようなご用で」

これは容易なことではなさそうだ、と思った惣兵衛は、身構えながら聞いた。すると、最初に現れた侍が近寄り、耳打ちするように言った。

「一文字屋殿。火付盗賊改方である。我らと同道願いたい」

火盗改、と聞いて惣兵衛はぎょっとした。それを見て、侍が付け加えた。

「案ずるな。そなたを捕らえようというのではない。少しばかり話がある。行くのは、その先の木挽町の宿屋だ。さほど手間は取らせぬ」

そう言われては、従うより他にない。惣兵衛は手代に、心配ないので先に帰っていろと告げ、侍たちと一緒に歩き出した。


連れて行かれたのは、侍が言っていた通り、木挽町四丁目にある小さな宿屋だった。暖簾をくぐると、自分たちを待っていたらしい主人が、すぐに二階へと案内した。主人は階段を上ったところで控え、侍たちが先に出て、障子の前に座ると中に声をかけた。

「連れてまいりました」

障子の内側から、入れとの声が聞こえた。侍が障子を開け、惣兵衛に入るよう促した。惣兵衛は言われるまま、腰を低くして部屋に入った。

床の間を背にして、初老の侍が座っていた。年の頃は五十五、六と思われ、鬢《びん》には白いものが目立ち、顔の皺も深い。だが、眼光は鋭く、佇《たたず》まいには品格が感じられる。軽からぬ身分の武家に相違なかった。

「あの、あなた様はもしや……」

つい口にしてしまうと、惣兵衛を連れてきた侍が咳払いした。

「こちらは、火付盗賊改方、森山源五郎様じゃ」

やはり、と得心し、惣兵衛は平伏した。

「一文字屋、今日は無理に呼び立てて相済まん。火盗改方の森山じゃ」

「ははっ、恐れ入り奉ります。火盗改のお頭様が、私ごときにどんなご用でございましょうか」

「うむ、他でもない。ある大捕物について、その方の手を借りたいと思うておる」

「大捕物、でございますか」

惣兵衛は首を傾げた。そんなことに、なぜ自分の手が必要なのか。森山は、「近《ちこ》う」と惣兵衛を手招きした。

「実は我らは、大掛かりな詐欺を働く一味を追っておる」

「詐欺、と申しますと」

「昨年、さる大店が数千両の被害を蒙《こうむ》った。その奴らが、またぞろ大きなことを企んでおるようでな。詳しくは、それなる与力の等々力《とどろき》から話す」

森山は、惣兵衛を連れてきた侍を指した。等々力と呼ばれた侍は、火盗改方与力、等々力佐兵衛《さへえ》と名乗った。

「さて一文字屋殿。近頃そなたは、渥美屋辰次郎なる男から借財を申し込まれ、千両ばかり貸した。それに間違いはないな」

惣兵衛は、一瞬言葉に詰った。火盗改は、惣兵衛たちの裏の金貸し商売について、知っているのか。

「隠さずとも良い。そなたたちが裏で金貸しを行って荒稼ぎしておることは、既に承知している。ついでに申せば、奢侈《しゃし》の禁令に反して、恐ろしく高価な菓子を好事家に売って稼いでおることもな」

「お……恐れ入りましてございます」

惣兵衛の背中から、どっと汗が噴き出した。何もかも、お見通しであったとは。

「心配は無用。さっきも申したが、その件で捕らえようという話ではない」

等々力は、凄味のある笑みを浮かべた。

「正直に申せば、初めはそのことでそなたらを引っ張るつもりで調べておった。すると、思わぬものが引っ掛かってな」

「思わぬものとは……渥美屋さんのことでございますか」

惣兵衛は額に浮いた汗を拭きながら、おずおずと聞いた。等々力が頷く。

「渥美屋が江戸店を出したものの、商いが今一つでそなたに借金を申し入れた、と聞いてな。だが、それでこちらは首を捻ることになった」

「と、申されますと」

「渥美屋は、そなたらが誘い込んだのではなく、渥美屋の方から借金を求めに行ったような節がある。だが、名古屋の渥美屋ともなれば、金の借り先には不自由しないはずだ。何も江戸で借りずとも、名古屋から送金すればいい。それが何故、と思って渥美屋の本店と取引のある両替商に聞いてみた。すると、渥美屋が江戸店を出すという話は初耳だ、ならばどうしてうちの店に話がないのか、と訝っておった」

「ええっ、それは」

惣兵衛は驚きを隠せなかった。名古屋からの送金を求めないのは、本店の兄へ迷惑をかけられない、との意地だと思っていた。だが、江戸で商いをする以上は、本店と江戸店の間で両替商を介した送金の段取りを付けておかねばならない。それが為されていないというのは、明らかにおかしい。惣兵衛は、そこまで自分で確かめなかったことを悔やんだ。

「そこで我々は、渥美屋を調べることにした。目明しに張り込ませたのだ」

「目明しについては、市中での評判が甚《はなは》だ良くないので、一旦は禁じたのだが、背に腹は代えられん。特に今回は許すことにした」

森山が苦笑しながら言った。惣兵衛は内心で頷く。仁伍が渥美屋の様子を窺ったとき、火盗改配下と思われる目明しが、渥美屋の周辺をうろついていると言っていた。まさにその通りだったのだ。

「すると、どうも渥美屋の商いには動きがないらしいことがわかった。名古屋から送られる味噌も滅多に来ず、大口の売り先に味噌樽を運び込む様子もない。これはどう見ても怪しい」

この辺りも、仁伍の調べと同じだった。やはり渥美屋は食わせもの、ということか。

「そこで我々は、最も確かな手を講じた。名古屋へ早馬を送り、渥美屋の本店に問い合わせたのだ」

「そ、それで、如何でございましたか」

「思った通りであった。渥美屋は江戸に店など出してはおらぬ。当主の弟の辰次郎は、七歳のときに流行《はや》り病で死んでいる。渥美屋江戸店は、真っ赤な偽物だ」

くそっ、何てことだ。やはりそうだったか。変に話を進めないで良かった。岩代屋に渥美屋の店を売りつけるなんてことは……。そこでまた首を傾げた。岩代屋は、本物なのか。

「岩代屋？　それは知らんな。その者は、そなたのところに話をしに来たのか」

「いえ、直に会いにきたことはございません」

「左様か。それも渥美屋の仕掛けの一部かもしれぬな。調べておこう」

岩代屋が店を欲しがっているという話は、仁伍が聞いてきたものだ。そのために、渥美屋の店を借金のカタに取り上げれば儲けられる、と踏んで、深入りしそうになったのだ。もし詐欺なら、これも仕掛けと見て間違いなかろう。

（危ないところだった）

どうやら渥美屋を嵌めるはずが、狙われていたのは惣兵衛の方だったらしい。

「渥美屋が詐欺の一味らしい、ということはよくわかりました。よくお教えくださいました。誠にありがとうございます」

惣兵衛はここでひとまず、畳に手をついて礼を述べた。

「それでその、手前の手を借りたい、とおっしゃいましたのは……」

「うむ、それなのだが」

等々力は一度言葉を切り、森山が頷くのを見てから先を続けた。

「難しい話ではない。このまま、渥美屋との付き合いを続けてもらいたい」

「ああ、なるほど。そういうことでございますか」

火盗改は、このまま渥美屋たちに好きにさせておいて、いざ金を盗ろうというときにひっ捕らえるつもりなのだ。

「おそらく、近いうちにもっと金を借りたい、という話を持ち込むであろう。それまで待つ」

「承知いたしました。御指図の通りにいたします」

こちらは金貸しと一両菓子の件で、首根っこを摑まれている。否も応もない。森山は満足したらしく、笑みを浮かべた。

「面倒をかけるが、頼む」

上首尾に運べば、こちらの罪には目をつぶってくれるのだろうか。さすがにそれをここで確かめるほどの度胸は、惣兵衛にもなかった。

「それで、何かありましたときのお知らせは、どういたしましょう」

「うむ。火盗改方の役宅に、そなたが出入りするのを勘付かれてはまずい。よって、連絡にはこの宿を使う。内々でここは借り切っておるので、他に漏れる気遣いはない」

「かしこまりました。何卒よろしくお願い申し上げます」

「こちらこそ、よろしく頼む。当てにしておるぞ」

かくして、惣兵衛は心ならずも火盗改の手先となった。

三

店に戻った惣兵衛は、急いで仁伍を呼びにやらせた。

「へい、旦那。何の御用で」

菊乃家のことなど忘れたかのような顔で現れた仁伍に、惣兵衛はひどく腹が立った。

(こいつのおかげで奉行所が疑い始めたらしいというのに、全然わかっていない)

だが、今はそれを責めている時ではない。惣兵衛は手短に、火盗改に何を言われたか、話して聞かせた。

「えっ……火盗改が、そんなことを」

さすがに仁伍も目を剝《む》いた。

「ああ。渥美屋がどうも怪しいというこっちの見方は、間違っちゃいなかった。そこで、岩代屋だ。あれも渥美屋の仕掛けの一部だと思った方がいい。お前、岩代屋の番頭に会っていたな。何かおかしいとは思わなかったのか」

「え、ええ。あっしが見た限りじゃ、真っ当でしたが」

何が真っ当だ。だが岩代屋を名乗る連中に直に会ったのは、こいつだけだ。

「あいつらが泊まっていたのは、須田町の宿屋だと言ったな。もう一度そこへ行って、正体を調べてこい。急ぐんだぞ」

有無を言わせぬ口調で惣兵衛が言うと、仁伍は慌てて飛び出していった。どこまで当てになるかはわからなかったが、少しでも自分なりに敵のことを摑んでおきたい。何もかも火盗改に言われるまま、とはなりたくなかった。

（さて、次の段取りだ）

惣兵衛は次に、弁蔵を呼んだ。こちらは見つけるのに仁伍より手間取った。一刻以上経って、ようやくある寺の賭場から出てきたところを和助が摑まえた。

「弁蔵、お前に頼みがある」

惣兵衛は弁蔵が来ると、和助を遠ざけ、一番奥の座敷に呼び入れた。弁蔵はいつものように、得体の知れない笑みを浮かべて話を聞いた。

「へえ……そういうことですかい」

肝心の部分を聞いたとき、さすがに弁蔵の顔も強張った。が、全部聞き終える頃には、ニヤニヤ笑いが顔に戻っていた。

「承知しやした。ですがね、旦那」

「わかっている。それなりのものは、用意する」

惣兵衛のその言葉に、弁蔵の笑みが不気味なほど濃くなった。

仁伍の調べは、三日ほどかかった。

「旦那、やっぱり岩代屋は食わせものでしたぜ」

仁伍は、余程の手柄でも立てたかの如く、意気揚々としていた。

「須田町の宿で聞きやしたが、あの番頭と手代は初めての客だったそうで」

「初めての客？　それがどうしたんだ」

「江戸店を出すなら、渥美屋の店に目を付けるまでに何度か下見に来てるでしょう。その都度わざわざ、違う宿に泊まるってこともねえでしょうから、初めてだった、ってのは妙じゃありやせんか」

それは一理ある。仁伍も目明しとして役立たず、というわけではない。

「なるほど。それで、どうした」

「永代橋に近い北新堀町に、仙台の汐海屋《しおみや》って海産物問屋の江戸店がありやす。それほど大きな店じゃありやせんが、奥州の海産物を扱ってるんで」

「仙台の店か。そこで岩代屋のことを聞いたのか」

「さすが、旦那は話が早い。その通りでして、汐海屋も岩代屋のことは知ってました。ただし、江戸店を出す、って話は聞いてねえと。仙台じゃ互いに付き合いがあるそうで、岩代屋が江戸店を出す気なら、先に出してるうちの方に相談があると思うが、ってことです。で、試しに須田町の宿に泊まってた番頭の人相を言うと、自分たちが知ってる岩代屋の番頭の中にそういう奴は居ねえ、とはっきりした答えで」

「ふうん、そうか」

そう聞けば、やはり間違いなく、岩代屋を名乗った奴らも渥美屋の一味だろう。

「わかった。ご苦労だった」

惣兵衛は懐から駄賃を出して渡そうとした。が、意外にも仁伍はそれを止めた。

「待っておくんなせえ。まだ、続きがありやすんで」

「続きだと？」

惣兵衛は懐に入れかけた手を戻し、先を促した。仁伍がいかにも自慢げに話し始める。

「須田町の宿に、岩代屋の番頭を訪ねてきた奴が居ますんで」

「お前以外にか。そりゃあ、もしかして連中の仲間か」

「おそらくは。そいつが訪ねてから半刻ほどで、奴らは仙台に帰ると言って宿を引き払ったんです」

「ほう。つまり、宿を出ろと指図しに来たわけだな、そいつは」

「そう見て間違いねえでしょう」

「何者か、突き止められるか」

「へい。神田仲町の長屋に住んでる、彦次郎って指物職人です」

「えっ、名前までわかっているのか」

これには惣兵衛も、少なからず驚かされた。

「ええ。宿の主人が、どうも見たことのある顔だった、って言いましてね。何とか思い出してくれと粘ったら、取引のある指物商の店で以前に見た、と気が付いたんでさぁ。そこでその指物商へ行って話を聞いたところ、その人相年恰好なら、彦次郎って男だとわかったんです」

須田町と神田仲町は、神田川を挟んで目と鼻の先だ。宿の主人が顔を見たことがあるのも、不思議ではなかった。

「それじゃあ、その彦次郎とやらのことも調べてあるんだな」

「もちろんでさぁ。彦次郎は、職人としての腕は確からしいんですが、仕事はそれほど受けてねえらしくて。聞くところによると、隣に住んでる常磐津の師匠の腰巾着みてえなことをしてるようでして」

「ほう……その師匠は彦次郎の女、ってわけじゃないのか」

「いえ、それはお沙夜、って女ですが、これがまた頗る付きの別嬪で、大店の旦那衆が大勢、贔屓にしてるんです。彦次郎にゃ高嶺の花、専《もっぱ》ら使い走りの役回りでしょう」

「そうか。じゃあそのお沙夜って女は、渥美屋たちの仲間か」

「あっしの勘じゃ、ただの仲間ってよりは、頭目の情婦《いろ》か何かじゃねえかと」

ほう。これは面白くなってきた。しかし仁伍も、思ったよりはいい働きをしたものだ。ここまで調べ上げてくるとは、正直、期待していなかった。思い上がったような満面の笑みを向けてくるのは、気に食わないが。

「よし、よく調べてくれた。ご苦労だった」

惣兵衛は改めて懐に手を入れ、さっき出しかけたよりだいぶ多めの駄賃を渡した。

仁伍はわざとらしいほど丁寧に、それを受け取った。

「この話、どこへも言うなよ」

「へい。てことは、火盗改にも内緒にするんですか」

「ああ。こっちから教えてやることもあるまい」

少なくとも、火盗改に先んじて手札を一つ、手に入れたわけだ。これをどう使うか。


「本日はお招きを頂戴しまして、誠にありがとうございます」

一文字屋の奥座敷に座った房州屋庄之助は、丁重に一礼した。

「私までもお招きに与《あずか》りまして、恐れ入ります」

房州屋と並んだお沙夜も、同じように頭を下げた。

「いえいえ、音に聞こえた文字菊師匠にお越しいただけるとは、この一文字屋惣兵衛も鼻が高《たこ》うございますよ」

惣兵衛は上機嫌で応じた。

「おや、やはり私は出汁でございましたか。まあ、無理もありませんが」

房州屋は惣兵衛とお沙夜に交互に目をやり、苦笑する。惣兵衛も笑って手を振った。

「出汁などとは、とんでもない。ただ、房州屋さんが文字菊師匠のお弟子と伺って、これはご一緒にお招きできれば、この上ない喜びと存じまして」

「ほらほら、やっぱり師匠がお目当てではございませんか」

房州屋がなおも迫ってみせると、惣兵衛も「いや、まいりましたなあ」などと応じて頭に手をやる。お沙夜は、はにかんだような笑みを浮かべて、その様子を見ている。

（噂通り、大した美形だ）

こんな女を我が物にできたら、どれほど自慢できるか。惣兵衛は思わず見とれてしまいそうになりながら、お沙夜に言った。

「師匠はなかなかお座敷には出ていただけないと聞きました。どうも手前の勝手でご無理を申しまして、相済みません」

「いえ、他ならぬ房州屋さんのお口利きでございますから。それに、一文字屋さんの、その……ご立派なお菓子にも……」

お沙夜は恥ずかし気に俯いた。惣兵衛は内心で笑う。女は大概、甘味に目がないものだが、この女とて例外ではないらしい。まして好事家の間で噂の一両菓子なのだ。

「はい、特別な菓子のことでございますな。もちろん、今日はそれを味わっていただくためにお招きしておりますので」

「はい、楽しみにいたしております」

お沙夜はいかにも嬉しそうに微笑んだ。ここで房州屋が声をかける。

「では師匠、早速ですがお願いできますでしょうか」

「かしこまりました」

お沙夜は傍らに置いていた三味線を持ち上げ、膝で構えた。その優雅な動きに、惣兵衛の視線が釘付けになる。

「ほう、その紋様は……桔梗でございますか」

胴に彫りこまれた絵柄に目を留め、惣兵衛は言った。お沙夜は小さく頷く。

「はい、桔梗が好きなもので、持ち物にこのような柄を」

「それはそれは、風流の極みでございますな」

惣兵衛の愛想を軽く受け流し、お沙夜は撥を手にした。「では、『老松《おいまつ》』を」と告げ、軽く二、三度、糸を弾いて音色を確かめてから、改めて惣兵衛に目礼する。凛とした風情に、惣兵衛も背筋を伸ばした。

出だしの一節を、まず弾く。惣兵衛の耳を、心地よい三味の音が弾いた。

「そもそも松のめでたきこと　万木にすぐれ　十八公の装い……」

普通は太夫がつとめる謡《うた》いを、お沙夜は三味線を弾きながら見事にこなしていく。鼓《つづみ》も笛もないが、その声は透き通り、惣兵衛を忽ち引きずり込んだ。

(これは、見事だ)

惣兵衛は、身じろぎもせずに聞き惚れた。房州屋も目を細め、ただじっと正座したままでいる。

気が付くと、謡いも三味線も終わっていた。お沙夜は三味線を置き、深々と礼をした。

「お粗末様でした」

「いや、これは……素晴らしい。一文字屋惣兵衛、感じ入りました」

「まあ、大層なお褒めを。お恥ずかしゅうございます」

「大層などと。言葉もないほどでございますよ。これは是非とも弟子入りさせていただきたいもので」

房州屋が、咳払いした。

「一文字屋さん、抜け駆けはいけません。何軒もの大店の旦那衆が順番を待っているのですよ」

「ああ、これは。ご無礼いたしました。房州屋さんは運のいいお方、ということですね」

半ば本気で弟子入りしたくなっていた惣兵衛は、少しばかり恨めし気に房州屋を見た。房州屋は涼しい顔をしている。

（ふん、俗物めが）

惣兵衛は鼻白んだが、愛想笑いを消さずに手を叩いた。すぐに現れた和助に、例の葛饅頭を出すように命じると、房州屋とお沙夜に、いささか勿体ぶって「では手前どもの宝物をお出しいたしましょう。とくとご賞味くださいませ」と口上を述べた。

間もなく「宝物」が運ばれてきた。先日、渥美屋辰次郎とお美代に出したものと、全く同じ饅頭だ。これを見て、お美代と同じようにお沙夜の目も煌《きら》めいた。

「これがその、一両の……」

そう言いかける房州屋を遮って、惣兵衛は言った。

「左様でございますが、本日はお代はいただきません。またとない常磐津を聞かせていただいた師匠への、御礼でございます」

「まあ、それはありがとうございます。謹んで頂戴いたします」

房州屋がまず一口、続いてお沙夜も一口。二人とも、口中に広がる葛と餡の味を堪能するように、しばし目を閉じた。

「まさに、天を極めた菓子でございますな」

食べ終えた房州屋が、溜息と共に言った。

「本当に。これほどのものを味わったのは、初めてでございます」

お沙夜も感激しているようだ。その様子を見て、惣兵衛は半信半疑になる。

(本当にこの女が、詐欺の一味なのだろうか)

仁伍の話を聞いて、どんな女か確かめたくなったのだが、たまたま知り合いの房州屋がお沙夜の弟子だと聞き及び、その伝手を使ってこの場に呼んだのだ。だが、こうして邪気のない姿を見ていると、仁伍が摑んできたのは与太話ではないのかと、疑いたくなる。

（いや、見た目に惑わされてはいかん）

美貌の女に気を許し、寝首をかかれた男は、古今東西枚挙にいとまがない。とは言っても、この微笑みに裏があるようにも見えない……。

結局、お沙夜が丁寧に礼を述べて帰って行くまで、惣兵衛にはその正体を見抜くことはできなかった。

四

一文字屋に招かれてから二日ばかり後の、朝方である。お沙夜の長屋の戸が、忙《せわ》しなく叩かれた。

「姐さん、ちょっといいですかい」

彦次郎の声だ。「ああ、いいよ」と返事すると、戸がさっと開き、彦次郎が軽い身ごなしで上がり框に座った。

「たった今、知り合いの下っ引きが知らせに来たんですが」

それは、彦次郎が小遣い銭を渡して取り込んでいる連中の一人だろう。

「何かあったのかい」

「間島新左エ門が、浜町川《はまちょうがわ》の栄橋《さかえばし》の下に浮いてるのが見つかったそうです。今は、引き上げられて富沢町《とみざわちょう》の番屋に」

「新左エ門が？　殺しかい」

驚いて聞くと、彦次郎が腹を突く仕草をした。

「匕首《あいくち》か何かで、腹を刺されてるそうで。行ってみやすか」

「ああ。こいつは穏やかじゃないね」

お沙夜はすぐに立ち上がり、下駄をつっかけて表に出た。

富沢町の番屋の戸を開けると、中に居た山野辺が振り向いて、目を丸くした。

「何だ、お沙夜さんじゃないか。菊乃家だけでなく、新左エ門にも関わりがあるのかい」

お沙夜は内心で舌打ちした。この件も山野辺が扱っているとは。横目で彦次郎を見ると、ばつの悪そうな顔をしている。彼も知らなかったようだ。

「ええ、菊乃家さんが池之端の店を買ったとき、新左エ門さんが仲立ちをしたと聞いていましたので」

「何だって？　新左エ門は菊乃家ともそんなことを」

山野辺は驚きを隠さずに言った。

「山野辺様は、まだご存知では」

「そいつは聞いてなかった。菊乃家の心中についちゃ、まだ調べの最中で、池之端の店を手に入れた経緯もこれから聞き回ろうと思ってたんだが」

土間に置かれた戸板には、筵《むしろ》をかけた亡骸が寝かされている。山野辺は口惜しそうにその亡骸を見た。

「河津屋の一件も考え合わせると、こいつはやはり怪しい。今となっちゃ、死人に口なしだがな」

「旦那、新左エ門が河津屋と菊乃家を嵌めたんだ、と思われやすかい」

彦次郎が口を出すと、山野辺はじろりと睨んだ。

「まだ早い。こいつの身辺を洗い出してからだ。余計な口を挟むな」

彦次郎は、すいやせん、とおとなしく引き下がった。山野辺はお沙夜に向き直り、勿体を付けるように咳払いした。

「お沙夜さん、新左エ門は池之端を買うように菊乃家に勧めたのかい」

「はい。そう聞いています。永太郎さんがご存知ですが」

「永太郎は何も考えられねえほど、ふさぎ込んでてな。じっくり話を聞くにはもう少しかかりそうだ」

あれから七日経つのに、永太郎はまだそんな有様なのか。借金して池之端を買うのを決めたのは永太郎だし、調理場のことは全て永太郎が仕切っていた。女房と倅が死んだのは、自分のせいだと責め続けているのだろうか。お沙夜は胸が痛んだ。

「新左エ門が何か裏でやっていた疑いは強《つえ》えな。この殺しは、その仲間割れかもしれねえ」

山野辺は小声で言った。

「菊乃家さんは、新左エ門さんに嵌められた、ということでしょうか」

「だとすると狙いは金だろうが、どういう仕掛けで新左エ門の懐が潤うようになっていたのか、もうひとつわからん。だが、きっと探り出してやる」

「はい、山野辺様。どうかお願いいたします」

　お沙夜が言うと、山野辺の頬に朱味《あかみ》がさした。

「山野辺さんが、菊乃家に加えて新左エ門殺しも扱うとなると、どんなもんですかねえ」

　彦次郎が懐手をしながら首を傾げる。

「山野辺さんだって馬鹿じゃない。新左エ門が何をしようとしてたか、いずれ気付くよ。一文字屋の関わりまで考えが至るか、それは何とも言えないけどね」

「あまり嗅ぎ回られると、厄介ですが」

「その代わり、奉行所がこの二つを結び付けてどこまで探り出すか、ずっと摑んでおける。痛し痒《かゆ》しだね」

「まあ、気を付けておきやしょう。で、この殺しはやっぱり一文字屋の差し金ですかね」

「違いないさ。新左エ門の性根は、どうだったんだい。町の連中の噂は」

「性根ですか。そうですねえ、どっちかと言うと、どっしり構えて物事を見るよりは、細かいことが気になる方だったようで。太っ腹より小姑《こじゅうと》、てえ感じですか」

「それなら、菊乃家の二人が死んだことで、びびっちまったのかもしれないねえ」

「怖くなって手を引こうとして、口封じに始末された、ってわけですかい。なるほど、ありそうな話だ」

「一文字屋が自分で手を下すとは思えない。誰か汚れ仕事を請け負う奴が居るだろう」

「へい。一文字屋の身代なら、そういうのを何匹か飼ってるでしょう」

「覚えてるかい。私が鏑木さんと菊乃家に行ったとき、店を見張ってる目明しらしい男が居たって話」

「ああ、山野辺の旦那は、菊乃家の見張りなんかさせてねえ、と言ったんですよね」

「三十くらいの、ちょいと見場のいい奴だった。ただの見張り役かもしれないが、下手人でなくても何か知ってるだろう。叩いてみな」

「承知しやした。すぐ見つけ出しやす」

「こうなると、奉行所も火盗改も、遠からず一文字屋たちの企みに迫ってくるだろうね。こっちも動きを速めた方がいい」

「おっしゃる通りで。もっと仕掛けを急ぐよう、言って回りやす」

彦次郎は緑橋《みどりばし》の袂《たもと》まで来ると、真っ直ぐ神田へ歩くお沙夜と別れて左に曲がり、西の方へ急ぎ足で向かった。


「ほう、お美代お嬢様の縁談がまとまった。それはおめでとうございます」

惣兵衛は渥美屋辰次郎の話を聞いて、にこやかに祝いを述べた。

「はい、ありがとうございます。おかげさまをもちまして」

辰次郎は額の汗をぬぐい、照れたように笑う。

「正直、少し婚期が遅れ気味でしたので。我儘《わがまま》ばかり言う娘なものですから。これで親としても、ひと安心でございます」

「それで、お相手はどちらのお方で」

「はい、野田《のだ》の醤油問屋、佐倉屋《さくらや》さんの跡取りで、圭之助《けいのすけ》さんというお人で。なかなかに商才もあり、見かけもしっかりしていて話も上手。娘もすっかり気に入りまして」

辰次郎はいかにも親馬鹿らしく、頬を緩めっ放しである。

「それは何よりでございますな。日を改めて、お祝いをさせていただきます」

調子を合わせて微笑みながら、惣兵衛は胸の内で呆れていた。

(何とまあ、面の皮の厚い男だ)

辰次郎が偽者だとは既にわかっているが、この屈託のなさを見ていると、ついつい本気にしそうになる。

(それにしても味噌屋と醬油屋とは、出来過ぎの組み合わせだな)

嘲笑したくなるのを抑え、惣兵衛は「それでご婚儀は」と聞いた。

「はい、来年の年明けの後、良い日を選んでと思っております。で、その前に一文字屋さんにご相談したいことがございまして」

「ほう、どのようなことで」

「実はこのご縁を生かし、佐倉屋さんと手前どもで共に江戸での商いを広げよう、と考えております」

「佐倉屋さんと共に、ですか。つまり、味噌と醬油を共に商うと」

「左様でございます。味噌醬油はどちらも、料理には欠かせぬもの。併せて商えば、様々な工夫もでき、利も上がる、と圭之助さんが強くおっしゃいまして」

　ふむ、と惣兵衛は首を捻る。そう言われると、確かに売りようによっては、今までより遥かに大きな商いになりそうな気がしてくる。

（おっと、騙されてはいかん）

　惣兵衛は考えを振り払った。よくできた話であっても、これは詐欺の一環なのだということを忘れてはならない。

「ですが、新しいやり方をするには元手が要ります。そのことでお願いが」

　惣兵衛の顔を見て、真剣に考えているのだと思ったらしい辰次郎が、ここぞと切り出した。

「元手を、借りたいというお話でしょうか」

「はい。一文字屋さんで、ご融通願えないものかと」

（そうら来た！）

　火盗改の思惑通りだ。ほくそ笑みそうになりながら、惣兵衛は尋ねた。

「いかほどご入り用で」

「三千両、と思っておりますが」

（三千両か……）

渥美屋が本物の店であれば、今の商いの状態を考えて断るところだ。しかしこの件に関しては、決めるのは惣兵衛ではない。

「三千両、どうお使いで」

「今の店の隣を買い取り、両店を合わせて味噌と醤油を商います。そのうえで、販路を作る段取りと、舟や舟問屋への手配も。今まで醤油は、野田から運び出すところまでで佐倉屋さんの商いが終わっていたのですが、この先は江戸に運んで売り先に届けるところまでも、自前の商いになりますので」

「佐倉屋さんは、いかほどお出しに」

「折半と思いましたが、佐倉屋さんとしては二千両で一杯、と」

「そうですか。併せて五千両。これは大きな商いになりますな」

どうせ佐倉屋というのも騙《かた》りだろう。いや、本物の店で、縁談を餌に辰次郎たちが罠に誘い込んだ、と考えられなくもない。だとすると、佐倉屋は二千両を奪われることになる。

「前にお借りした千両も、まだ一度目の返済を終えたばかりのところで恐縮なのですが、如何でしょう。追加で三千両、お貸しいただけますでしょうか」

辰次郎は、こちらの考えを覗き込むように身を乗り出している。惣兵衛は悩んでいる風な顔をして見せてから、言った。

「左様でございますな。三千両となると新たな担保をいただきたいところですが……それはお隣を買い取ってから、ということになりましょうな」

「はい、そういうことに」

「わかりました。少し考えさせて下さい。そう……三日後に、ご返事します」

辰次郎は、惣兵衛が即答を避けたのにちょっと残念そうな顔をしたが、すぐまた愛想笑いに戻って、さっと畳に手をついた。

「承知いたしました。どうぞよろしくお願いいたします」

「はい、それでは三日後に。良いご返事ができるよう、しっかり考えさせていただきます」

（この大嘘つきめが）

惣兵衛は丁重に応じながら、そう怒鳴って笑いものにしてやりたい衝動に駆られた。

その日のうちに惣兵衛は、商談に出かけるふりをして店を出ると、真っ直ぐに木挽町の宿屋に向かった。尾けられないよう用心しつつ、足が速まりそうになるのを抑えて歩いたが、幸い何事も起きなかった。

森山はさすがに居なかったが、等々力は待っていたかのように惣兵衛を迎えた。

「どうやら動きがあったらしいな」

期待のこもった問いかけに、惣兵衛は大きく頷いた。

「渥美屋から、新たに三千両貸してほしいと言ってまいりました」

惣兵衛は辰次郎の話を、余すところなく伝えた。等々力の顔が綻《ほころ》ぶ。

「よし、うまく食い付いたな。これでもう、逃がさんぞ」

「はい……この後は、どのように運ばれますか」

「うむ、三千両は用意してもらわねばなるまい」

惣兵衛は眉をひそめた。実際に三千両を渡さずとも、火盗改が渥美屋に踏み込んで、辰次郎たちを引っくくってくれるのでは、と考えていたのだ。

「それは……用意はできますが、実際に渡すのですか」

「三千両の受け取りとなれば、奴らも出てこざるを得まい。さすれば、三千両そのものが詐欺の証しとなり、言い逃れはできぬ」

なるほど。辰次郎の言っていた、佐倉屋との縁組と商いが嘘八百である、と先に調べ上げておけば、三千両を受け取ったそのときに詐欺が成り立つ。そこを押さえようという等々力の考えは、理にかなっている。

「佐倉屋という店は、本当にあるのでしょうか」

「それは調べればすぐにわかる。本当にあっても、名古屋の渥美屋同様、名を騙っているだけかもしれぬ。それを確かめるには……そうだ！」

等々力が膝を打った。

「三千両の受け渡しの段取りは、まだ決めておらぬな」

「はい。まだ貸すことについての返事も、しておりません」

「それでは、受け渡しの席に佐倉屋も呼ぶよう伝えよ。もし佐倉屋が騙りであれば、渥美屋は何かと理由を付けて断るであろう。そこを、どうしてもと押すのだ」

「は……しかし、押し切れましょうか」

「できる。渥美屋は、佐倉屋と共に商いをするための元手として三千両ほしい、と言ってきたのであろう。であるなら、佐倉屋とも顔合わせして、商いの見通しを聞くのは、金の貸し手として当然ではないか」

「ああ、それは確かに、左様でございますな」

「さすれば渥美屋は、偽の佐倉屋を仕立ててその席に来させるしかあるまい。それだけの人数を揃えるとなると、一味は総出になるであろう」

そういうことか。等々力の考えが読めた。

「では、その場で一網打尽にするおつもりでございますか」

「いかにも。大人数で囲み、一気に片付ける。そなたには厄介をかけるが、万事こちらの言う通りに動いてもらいたい。よいな」

「は、はっ。承知いたしました」

等々力は、辰次郎にどう返事するかまで細かく指図してきた。惣兵衛は途中で面倒になってきたが、背を向けることもできない。仕方なく最後まで聞いた。

「おおよそ、こういうことじゃ。わかったかな」

「はい、仰せの通りにいたします」

「しかと、頼んだぞ」

惣兵衛はほっとして立ち上がりかけた。そこへ等々力が、さりげなさを装ってぞっとすることを口にした。

「ところで、間島新左エ門の亡骸が浜町川で見つかったそうだが、何か知っているか。新左エ門は、そなたらの裏の商いに関わっていたはずだな」

「は、はい、それは……」

惣兵衛は、背中に冷や汗が滲《にじ》むのを感じた。

「手前も知らせを聞いて大いに驚きましたところで。ですが新左エ門さんは、少し前にあの商売から手を引いておりまして」

「ほう、手を引いたと」

嘘ではない。ただし、そのことが殺される理由になったわけだが。

「手前が思いますに、手仕舞いしたことで、これまで稼いだ金の分け前か何かで揉め事になったのではないか、と」

「そなたは、関わりないのか」

「無論でございます。新左エ門さんが殺された夜は、ずっと店に居りました。奉公人が見ております」

「何もそなたが手を下したと、申しておるわけではないが」

等々力は怪しむような表情も見せず、さらりと言った。それが却って不気味だ。

「まあ、そのことは構わぬ。新左エ門殺しは、八丁堀が調べておるからな。我らは、詐欺の一味を根こそぎにできれば、それで良い」

それだけ言うと等々力は、もう行けとばかりに手を振った。惣兵衛は改めて一礼し、部屋を出た。掌《てのひら》と襦袢が、じっとりと汗ばんでいた。


宿を出て木挽橋にかかる前、さっと周りに目を走らせた。惣兵衛に注意を向けている者は居ない。安堵して、店へと向かった。

(やれやれ、油断ならんな)

等々力は、新左エ門殺しについて、腹の中では惣兵衛を疑っているに違いない。だが、惣兵衛としてもそれなりの策は施してある。八丁堀相手ならば何とかなる、と踏んでいた。

(だが火盗改も、もう一つ言わなかったことには気付いていないようだ)

惣兵衛は、それを考えてニヤリとした。他ならぬ、お沙夜のことである。お沙夜の存在は、まだ表に出てきていない。三千両の受け渡しの場に一味をおびき出しても、惣兵衛に顔を知られているお沙夜は出てこないだろう。だが、頭目を始め仲間が皆捕らえられたら、お沙夜は行き場がなくなる。役人にはお前が一味であることは黙っておく、と言えば、お沙夜は惣兵衛の言う通りにするしかあるまい。

（あれほどの美女を、思いのままにすることができれば）

そんな想像に、惣兵衛の体が疼いた。

五

「姐さん、わかりやしたよ。例の目明しです」

お沙夜の家に入るなり、彦次郎が言った。

「菊乃家を見張ってた奴のことだね」

「へい。岡っ引きの伝手を使って探り出しやした。青物町の仁伍って奴です」

「そいつは一文字屋に出入りしてるのかい」

「その通りでさぁ。評判の良くねえ野郎でしてね。小遣い稼ぎに脅しやら取り立てやら、いろいろやってるようです」

「殺しもやりそうな奴かな」

「その辺は、何とも言えやせんが。ま、金次第ってとこでしょう」

「その仁伍とやらを、締め上げてみるとしようか」

お沙夜が言うと、彦次郎は渋い顔になった。

「それが駄目なんで。野郎は、新左エ門が殺された晩から、姿が見えなくなっちまってるんです」

「姿をくらました？」

お沙夜は目を怒らせた。

「それって、その仁伍って奴が新左エ門を殺《や》って逃げた、ってことじゃないの」

「証しはありやせんが、どうもそのようで」

「ちッ、出遅れたか」

お沙夜が舌打ちし、彦次郎が済まなそうに頭を掻いた。

「いや、彦さんのせいじゃない。私が菊乃家の裏で奴を見たとき、さっさと動いてりゃ良かったんだ」

後悔しても始まらない。お沙夜は続きを聞いた。

「山野辺さんは、仁伍のことに気付いてるのかい」

「いや、まだのようです。しかし、一両日のうちには気付くでしょう」

「それでも、仁伍を捕まえなきゃ一文字屋が糸を引いてる、ってことは表に出ないね」

「へい。一文字屋に繋がる証しは、見つかっていやせんからね。どうしやす。山野辺の旦那の耳に入るようにしておきやすかい」

「いや、山野辺さんだって一文字屋は胡散臭いと思ってる。証しが見つからないなら、放っておくしかないさ」

そこでお沙夜は首を傾げた。

「お葉さんと永助さんを殺した下手人は、少なくとも二人、って話だった」

「へい、何とかいう医者の先生が、そう言ったって聞きやしたが」

言ってから彦次郎は、はっと思い付いた顔になった。

「そうか。仁伍にゃ仕事の仲間か手下が居たんだ」

「そいつを見つけ出しておくれ。何とかして捕まえるんだ」

「合点です」

彦次郎は弾かれたように、戸口から出ていった。


渥美屋辰次郎は、返答期限とした三日後に、一文字屋を訪れた。惣兵衛は侮蔑を押し隠して、愛想よく迎えた。

「渥美屋さん、ご足労いただきまして恐れ入ります」

「何の何の、良いご返事がいただけるならば、京大坂へも参りましょう」

そんなことを言いながら、辰次郎は期待のこもった眼差しを向けてくる。

「それで、いかがでございましょう」

「はい、三千両、ご融通させていただきます」

「おお、誠にありがとうございます」

辰次郎は安堵をその身一杯に表し、礼を述べた。

「期限は一年、利息はこの前と同じ、ということでよろしいですな」

「はい、もちろんでございます。一年後には、必ず」

辰次郎は請け合いますと胸を張る。どうせ返す気がないのだから、期限も利息もどうでもいいのだ。

「それで、三千両のお引き渡しですが、その際には佐倉屋さんもご同席願いたいのですが」

「え、佐倉屋さんもですか」

辰次郎の顔が、一瞬曇った。思った通りだ、と惣兵衛は嗤う。

「はい。佐倉屋さんも二千両お出しになるそうですが、合わせて五千両の大商い。佐倉屋さんの方にも、この機会にお目にかかって、商いの見通しをお伺いしたいと存じます」

「は、なるほど……しかし、先方にもご都合がございましょうから……」

「それは渥美屋さんと佐倉屋さんのご都合に、合わさせていただきます。両者お揃いいただけるときにいつでも、三千両お渡しできるよう用意しておきます」

「左様でございますか。では、佐倉屋さんの方にお話ししてみましょう」

「よろしくお願いします……おお、そうだ」

惣兵衛は、いかにもたった今思い付いたように言い出した。

「如何でしょう。御縁組という誠にめでたいお話でございますから、手前どもの方でささやかなお祝いの席を設けさせていただきましょう。そこへご両家にお越しいただき、合わせて三千両もお渡しする、ということでは」

「はあ、お祝いの。それは誠に恐縮でございますが……」

思わぬ提案に、辰次郎は明らかに戸惑っていた。しかし、商家同士で祝いの申し出は、なかなか断れるものではない。

「お気遣いを賜りまして、ありがとうございます。それでは、佐倉屋さんと相談の上、良き日を選びまして、改めまして御礼に伺います」

辰次郎としても、ここは腹を括《くく》らざるを得ないだろう。満面に笑みをたたえ、いかにも嬉しそうな様子を作っている。してやったり、と惣兵衛は腹の中で手を叩いた。


辰次郎が帰った後、しばらく間を置いてから、惣兵衛は木挽町に出向いた。宿に着くとすぐに二階の座敷に通された。今度は、森山も待っていた。他に等々力と、同心が三人控えている。

「ご苦労。首尾は如何であったか」

前置きも抜きで、等々力が問うた。

「はい、渥美屋は話を請けました。等々力様のお指図通り、祝いの宴席のことを申し出ましたところ、佐倉屋と相談し、日を選んでということに」

「よし、うまく運んだな」

等々力が満足そうに言い、森山も頷いた。

「この後はどういたしましょう。日取りは向こうが選ぶとして、場所は」

「うむ、用意してある。浅草猿屋町《さるやちょう》の香梅《こうばい》という料理屋を知っておるか」

「猿屋町と申せば、同業で栗饅頭の名高い店がございますので、存じてはおります。香梅という店には覚えがございませんが」

「あの界隈の札差がよく会合で使っていた店だが、今は閉めている。そこを借り上げた。隣はちょうど空き地になっていて、周りは武家屋敷だ。裏手が水路だが、そこを押さえておけば、袋の鼠にできる」

「ほう、そのような所が」

さすがによく調べてある、と惣兵衛は感心した。後で、自分も下見してみよう。

「しかし、閉めている店なら宴席の料理などはどうなさいます」

「案ずるな。料理人は用意する。どのみち、酒が回ったところで踏み込むのだ。終《しま》いまで料理を出す必要はない」

「ああ、ごもっともで」

「宴席の日取りが決まったら、直ちに手配りを始める。こちらも総出の捕物じゃ。逃がしはせん」

等々力は、自信たっぷりの態《てい》で言い切った。これならば大丈夫だろう。そう思って、床の間を背にする森山の方に目を移した惣兵衛は、浮かべかけた愛想笑いを消した。どうしたことか、森山は難しい顔で何事か考えているようだ。

「お頭。何か気になることがおありでしょうか」

等々力も森山の様子に気付き、怪訝な顔で問いかけた。

「うむ……」

森山は小さく唸って、惣兵衛の方を向いた。

「一つ聞くが、渥美屋が偽の江戸店をそれらしく整えるには、どれほどかかると思う」

「は？　幾ら入り用かということですか。そうでございますな、買い取ったとして

七、八百両。借りても調度や商品など揃えるのに三、四百両ほどかと」
「それに、奉公人も要るであろう。そ奴らに、賃金も渡さねばならぬ。あれやこれやで、千両にはなるのではないか」

「はあ、そのくらいにはなろうかと」

惣兵衛は意外に思った。この森山という人物、なかなか算盤が立つようだ。火盗改を含む御先手組は、戦で先陣を務めるという建前のため、武芸で奉公するものと思っていたが、この役に就くまでは筆と帳面で仕事をする方が多かったのだろう。

「その上、佐倉屋や岩代屋の細工までしていたとあっては、あ奴らはこの仕事のために、千数百両もの元手をかけていることになる。三千両を懐にするためとは言え、少し多過ぎるのではないか」

等々力の眉が上がった。惣兵衛も、言われて初めて疑問が湧いた。森山の言う通り、三千両せしめるのにその半分もかけて準備する、というのは不合理に思える。

「ではお頭、あ奴らにはまだ他に狙いがある、とお考えで」

等々力が尋ねると、森山はまた考え込んだ。惣兵衛は無礼だとは承知しつつ、森山の顔を見つめたまま待った。

「一文字屋。三千両は、どこから持ち出すのだ」

唐突に、森山が聞いた。惣兵衛はその意を測りかねた。

「は？　無論、蔵からでございますが」

「その蔵だ。そなた、店の蔵にいつもそれほどの金を置いておるのか」

えっ、と惣兵衛は意表を衝かれた。

「は、はい、置いてはおりますが……」

「隠すな。両替商に預けることもしておらぬのであろう。例の裏稼業で貯め込んだ、後ろ暗い金、ということだな」

「恐れ入りましてございます」

今さら裏の金貸しのことを持ち出すとは、どういうつもりだろう。

「その金、表稼業の店の蔵に入れておるわけではあるまい」

惣兵衛は、あっと声を上げそうになった。表稼業の菓子屋の奉公人たちは、和助を除いて金貸し業に関わらせていない。どれほどあくどく儲けているか、番頭や手代の中には薄々知っている者も居るようだが、表立って口には出さない。そのため、菓子屋の蔵とは別に、裏稼業で稼いだ金を貯めてある隠し蔵がある。森山は、それに気付いたのだ。

「一文字屋、正直に申せ。どこかに別の蔵があって、三千両はそこから出すのか」

森山の肚《はら》を察した等々力が、畳みかけてきた。惣兵衛は観念するしかなかった。

「恐れ入りましてございます。実は、隠し蔵がございます」

「やはり、な。そこには幾ら入っておる」

「九千両でございます……」

火盗改の同心たちから、溜息が漏れた。

「つまり、三千両貸し出しても蔵には六千両、残っているわけか」

等々力が得心したように頷いた。

「あの、つまり、渥美屋たちは隠し蔵の六千両も狙っている、と言われますので」

森山たちの考えがようやくわかり、惣兵衛は寒気を覚えた。

「だとすれば、辻褄《つじつま》が合う」

森山はその考えに満足したようだ。

「三千両の引き渡し日に一文字屋を見張っていれば、そなたか番頭が隠し蔵へ行くのを尾けることができる。そうやって場所を突き止めてから、宴席を終えた後、夜中に襲う。そういう段取りになっておるのではないか」

等々力や同心たちは、しきりに頷き合っている。惣兵衛は青くなりながら、言った。

「しかし森山様。隠し蔵には簡単には外せぬからくり錠を付けてあります。蔵の作りも頑丈で、場所がわかっただけでは、なかなか破れるものではございません」

「過信は禁物じゃ。奴らの錠前破りがどれほどの腕前か、まだわからぬゆえ」

惣兵衛は唸った。森山の言う通りだ。絶対に破れないとは言い切れない。

「お頭、それでは人数を割《さ》き、蔵を襲う者たちも捕らえねばなりませぬな」

「うむ、必ず蔵を襲うと決まったわけではないが、備えは必要じゃ。これ一文字屋、その蔵を見せてもらわねばならぬ。どこにある」

教えたくはなかった。しかし、もうやむを得ない。

「北紺屋町《きたこんやちょう》でございます。見た目は蔵でなく普通の町家のように、板張りで設《しつら》えております」

「八丁堀の目と鼻の先ではないか」

等々力が、呆れたように苦笑した。その通りだが、八丁堀の近所なら、盗人が寄り付かないという利点もある。

「よし、等々力、一人か二人連れてどのような蔵か確かめてまいれ。決して目立たぬように」

「かしこまりました」

惣兵衛はこの思わぬ展開に、目を白黒させた。皮肉な話だが、とにかく知られた以上は、火盗改に蔵を守ってもらうしかなさそうだ。

第四章

一

お沙夜は長屋を出ようとして、木戸のところで彦次郎と出くわした。どこからか戻ってきたばかりのようだ。

「あれ、彦さん。もう今晩の段取りに出張ってると思ってた」

「へい。これからそっちへ行きやすが、その前に、例の仁伍の手下のことで」

「見つかったの」

お沙夜の目が鋭くなる。

「弁蔵って男です」

「よし、広小路の茶屋へ行こう」

お沙夜は彦次郎を連れ、神田川に出て両国橋の方へ歩いた。馴染みの茶屋に着くまでは、当たり障りのない話しかしない。

「弁蔵ってのは、汚れ仕事も平気なのかい」

　万事心得た茶屋の主人に奥へと案内され、板敷きに座ったお沙夜が聞いた。茶屋は混み合い、二人に注意を向ける者は居ない。

「へい。遊び人みてえな奴ですが、時々仁伍の下っ引きをやってるとか」

「なんだ、小物のようだね」

「いや、それがそうでもねえんでさぁ。噂じゃ、仁伍より余程頭が回るらしいです。見かけは痩せてますが、骨が太いのか腕っぷしもかなり強いようで」

「ふうん。そんな奴が、仁伍って岡っ引きにいいように使われてるのかい。何だか解《げ》せないね」

「その通りでさ。聞き込んだところじゃ、いずれ仁伍に取って代わるつもりで、様子を窺ってるんじゃねえかって」

「ははあ。仁伍がヘマを仕出かして一文字屋に放り出されるのを、待ってるのか」

「遠からずそうなると踏んでるんでしょう。この何日か、機嫌が良くて金払いもいいらしいんで」

「菊乃家に仁伍と一緒に押し込んだのは、そいつなんだね」

「そうに違いねえとは思いやす。誰も見た者が居ねえんで、絶対とは言えやせんが」

「で、仁伍の行方はまだ?」

「へい。山野辺の旦那も、どうやら仁伍のことに気が付いたようで、他の岡っ引きの尻を叩いて仁伍を捜させてやす。でも、手掛かりも見つからねえらしくて」

「山野辺さんの見立ては」

「仁伍が新左ェ門のところにしょっちゅう出入りしてたのは、大勢が見てやす。新左ェ門と仁伍の間で、何か金に関わる諍《いさか》いがあって、仁伍が新左ェ門を殺して逃げた。そう見てやすね。はっきり口にしちゃいやせんが」

「ま、自分たちのところの岡っ引きが人殺しをやって逃げた、となりゃ、聞こえが悪いからね。これを機に、火盗改の目明し禁止令が町奉行所に及ぶと大変だ、と思ってるだろうし」

お沙夜はちょっと考えてから、付け足した。

「山野辺さんたちに、一文字屋に調べに入ろうって動きはないのかい」

「新左ェ門と一文字屋が、金貸しでつるんでたと疑ってはいるのに、二の足を踏んでやす。御城の御用達の店ですからねえ。よっぽどの証しがねえと、踏み込まねえでしょう」

「ま、こっちとしちゃ好都合だけどね」

お沙夜は肩を竦めた。

「よし、仁伍と弁蔵の始末は後にしよう。まずは今夜のお勤めだ。猿屋町の香梅の方は、ちゃんと見てあるね」

「へい。今のところ、近所に妙な動きをする奴は見えやせん」

「わかった。それでも用心に越したことはない。気を付けなよ」

「無論、みんな承知してやす」

「今度は彦さんにも役があるからね」

「へへ、佐倉屋の番頭、でしたね。せいぜい商人らしく見せやすよ」

「あんまり余計なことはしないで。ボロが出ちゃまずい。演技は他の連中に任せておきな」

「どっちかと言うと、若旦那の役をやりたかったんですが」

「駄目駄目。あんたじゃ、とうが立ち過ぎてるよ」

「わかってまさぁ。邪魔にならねえようにしやすよ」

彦次郎はそう言って笑い、それじゃあこれで、と茶店を出ていった。少し間を置いて、お沙夜も席を立つ。一文字屋の用意した宴席は、今夜六ツ半（午後七時）。あと二刻ほどだ。こちらの仕掛けは万全のはずだが、蓋《ふた》を開けてみないとわからないこともある。お沙夜は悟られないような動きで周囲に目を配りながら、長屋へ戻っていった。

惣兵衛は料理屋香梅の二階座敷で、そわそわと気を揉んでいた。約束の六ツ半には、あと四半刻ほどだろう。障子を開けて裏を見下ろすと、そこは浅草御蔵の南側を通って大川に通じる、狭い水路になっている。何艘か舫《もや》われている舟が見えるが、船頭の姿はなかった。

東隣は稲荷、西隣は空き地だ。向かい側は武家屋敷の塀。前後左右に町家や路地がないので、囲み易くて逃げ場がない。相手も下見ぐらいはするだろうから、火盗改の捕り方が配されるのは、宴席が始まってからになる。水路にも、舟に乗った同心が隠れているはずだ。

惣兵衛は隣の座敷との間の、閉められた襖に目をやった。その向こうには、千両箱が三つ、積まれている。先ほど、北紺屋町の隠し蔵から運んできたものだ。隠し蔵から出るときに気を付けて周りを見たが、渥美屋たちの手先が見張っているような気配はなかった。だからと言って安心はできないが、今は火盗改の手の者が、町人に扮して隠し蔵を見張っている。もし渥美屋の仲間が襲って来たら、隣家に隠れた同心たちが飛び出し、直ちに取り押さえる手筈《てはず》だった。

（あまり心配し過ぎて、気取られてもまずい）

惣兵衛は落ち着こうと、何度も大きく息をした。

「旦那様、来られたようです」

障子を開けて表を見ていた和助が、振り向いて知らせた。惣兵衛はそちらに歩み寄り、下を覗いた。ちょうど駕籠が三丁、着いたところだった。香梅の番頭に扮した火盗改の手先が、迎えに出ている。

「ようこそお越しくださいました。上でお待ちでございます」

そんな声が聞こえ、駕籠から三人が降り立った。間違いない。渥美屋辰次郎とお美代に、渥美屋の番頭だ。惣兵衛は急いで廊下に出て、階段を下りた。

「やあどうも渥美屋さん、本日は浅草までお越しいただき、恐れ入ります」

表口に出て挨拶すると、辰次郎が笑顔で応じた。お美代もはにかむような笑みを浮かべている。

「これは一文字屋さん、本日はお招き誠にありがとうございます。縁組をお祝いいただけるとのことで、娘も大変に喜んでおります」

そう挨拶している最中、駕籠がさらに三丁、着いた。その駕籠から出てきたのは、辰次郎と同年輩らしい細身の男と、ちょっと見てくれのいい若い男、それに三十過ぎと見える腰の低そうな男だった。

「ああ、丁度お着きになった。一文字屋さん、こちらが佐倉屋のご主人、圭蔵《けいぞう》さん、跡取りの圭之助さん、番頭の吉次《きちじ》さんです。皆さん、こちらが一文字屋さんです」

佐倉屋の主人が、前に出て腰を折った。

「佐倉屋主人、圭蔵と申します。このたびは、お世話になります」

「まあまあ、取り敢えずお上がり下さい。ご挨拶はそれから」

惣兵衛は一同を急き立て、自ら案内して二階へ上がった。役者が揃ったぞ、と惣兵衛はほくそ笑んだ。

互いに挨拶を済ませてから、惣兵衛は言った。

「さて、宴席の前にこちらをご覧いただきましょう」

控えていた和助に目で合図する。和助が頷いて、隣室との間の襖を開けた。

「三千両、お確かめ下さい。鍵は開いております」

「承知いたしました。では、ご無礼いたします」

辰次郎が千両箱に歩み寄り、蓋を開けた。五十両ずつに分けられた小判が、きっちり並んで収まっている。辰次郎は三つとも開けて中身を改めると、惣兵衛に一礼した。

「三千両、確かに拝見いたしました。ありがとうございました」

「よろしいですか。それでは、どうぞお座り下さい」

和助が、一人ずつ客人を席につかせた。上座には、辰次郎とお美代、圭蔵と圭之助が座った。

「何やら婚礼のようで、落ち着きませんな」

圭蔵が苦笑して言った。お美代と圭之助は、赤くなって互いをちらちらと盗み見している。

「なァに、御婚礼の稽古と思っていただければ」

惣兵衛のそんな軽口を合図にしたかのように、「失礼いたします」と障子が開いて、最初の膳が運ばれてきた。もちろん、一緒に酒も。

「ささ、まずは一献」

惣兵衛は圭蔵の前に座り、徳利を差し出した。圭蔵は恐縮しながら、盃を受けた。皆、警戒している様子は微塵《みじん》もない。惣兵衛は緊張を押し殺し、愛想の良さを保っていた。

「ときに渥美屋さん、この三千両、どうやって運ばれますか。荷車をご用意ではないようですが」

「はい、舟を用意しております。後ほど舟に積みまして、一旦大川へ出てから日本橋川に入り、堀留町まで。荷車よりも楽に行けます」

やはりそうか、と惣兵衛は思った。おそらく、堀留町の店に戻りはすまい。大川に出れば、そのままどこへでも姿を消せる。本当に商いで三千両が必要なら、今日の宴席とは別に、店の方へ直接届けてほしい、と言えば良かったのだ。敢えてここに三千両運ばせたのは、そのままずらかる気だからに違いない。火盗改はそこまで見込んでいたのだ。

「左様でしたか。舟は良うございますな」

当たり障りのないよう応じて、惣兵衛は辰次郎からの返杯を受けた。さて、火盗改はもう、捕り方を配し終えたろうか。いつ踏み込むつもりなのか。


宴会が始まって、半刻近く経った。その間、惣兵衛は圭蔵に、どのように江戸での商いを進めるつもりか一応聞いてみた。案の定、はっきりと組み立てられた答えは返ってこなかった。ただ漠然と、こうしたらいいと思う、ああすれば良い、といった話があるだけだ。

(そこまで聞かれるとは、思っていなかったのだろうな)

この連中も、完璧というわけではない。惣兵衛がそのつもりで見れば、付け入る隙は幾つかありそうだった。現に今夜も、ほとんど疑いを抱かず酒を楽しんでいるように見える。

(遅いな。まだ踏み込まないのか)

既に刺身、椀物と出て、徳利は二十本ほども並んでいる。惣兵衛は焦《じ》れてきた。

（しかし、この料理はにわか仕立てで用意したとは思えない）

なかなかの味わいだった。もっとも、これだけの構えの店ならそれなりのものを出さねば、奴らに疑われるかもしれない。

満足して椀物に口を付けた惣兵衛は、ふと、味に覚えがあるような気がした。どこか惣兵衛の知る料理屋の板前を、わざわざ呼んで来ているのだろうか。やはり火盗改は周到だ。

「では旦那様、そろそろ千両箱を下ろしておきます」

渥美屋の番頭が、そう告げて席を立った。

「千両箱を下へ？」

惣兵衛が問うと、辰次郎が頷いた。

「宴会が終わりましたらすぐ舟に積めるよう、階下《した》の座敷に移しておきます。番頭と船頭がやりますので、お気遣いなく」

言い換えれば、いつでも逃げられるように、か。火盗改は何をしている。早くしないと、奴らが動き出すぞ。

千両箱が下ろされる間、惣兵衛は焦りが顔や声に出ないよう、どうにか辛抱して宴会を続けた。酒が回った宴席は次第に賑やかになり、お美代さえほんのり酔い始めているようだ。いつまでこうしているつもりなのか……。

突然、大勢が階段を駆け上がってくる音が、地鳴りのように響いた。座敷に居た誰もが、さっと顔を強張らせた。

(やっと来たか!)

惣兵衛がほっと息を吐いた刹那《せつな》、障子が一気に引き開けられた。

「火付盗賊改方である。皆、神妙にせよ」

真っ先に踏み込んだ等々力が、大声で呼ばわった。途端に、渥美屋と佐倉屋の六人が、ぱっと立ち上がって身を翻した。酔っているのが嘘のような、素早い動きだ。

圭之助が窓に走り、あっという間に欄干を乗り越えて飛んだ。お美代もその後に続く。が、欄干に取りついたところで、庭に飛び降りた圭之助が、待ち構えていた捕り方に搦《から》め捕られるのが見えたようだ。お美代は内気なお嬢様の偽装をかなぐり捨て、「ちっくしょうめッ!」と叫んで振り向くと、等々力に徳利を投げつけた。

等々力がさっとよける。

お美代は獣のような叫び声をあげ、裾を乱して皿や徳利を投げながら暴れ回る。さすがに惣兵衛も唖然として、廊下へ退いた。一番年嵩《としかさ》だったらしい圭蔵は、廊下で取り押さえられた。渥美屋の番頭は、階段に足をかけたところで腕を摑まれ、引き戻された。

辰次郎は欄干を越えて軒の瓦の上を走り、横に回って隣の空き地に飛んだ。だが、そこにも捕り方が襲いかかる。

「神妙にいたせ！　手向かいすれば斬り捨てる」

同心の、容赦ない声が飛んだ。辰次郎は動けぬまま、忽ち縄をかけられた。

「他の者はどうしたッ！」

等々力が階下に向けて叫んだ。はっとして見回すと、佐倉屋の番頭が見えない。

「舟だッ」

下から叫び声が上がった。急いで裏に面した窓から下を見ると、千両箱を積んだ舟が、水路に乗り出したところだった。竿を操る船頭の他、舳先《へさき》側に男が一人。吉次とかいう佐倉屋の番頭だ。二階の騒ぎの隙に、下ろしてあった千両箱を大急ぎで積み込み、舟を出したのだ。

「慌てるな。追えッ」

同心が二人、水路沿いを走り出した。舟はどんどん進んでいく。

「案ずることはない。この先に、我らの舟が網を張っておる」

等々力が落ち着き払った声で言った。それで惣兵衛も一息ついた。

「さ、左様でございますか。安堵いたしました」

汗をぬぐったとき、表に陣笠を被った騎馬の人物が、数人の供と一緒に駆け付けてきた。先頭の小者二人は、火盗改と書かれた提灯を、高く掲げている。

「火付盗賊改方、森山源五郎である。皆の者、静まれーい！」

ようやくお頭様のご登場だ。惣兵衛はこれでどうにか、肩の荷が下りた気がした。

香梅の階下の座敷は、襖を全て外して大広間のようになっていた。そこに渥美屋の一味が、縄をかけられ、並んで座らされている。大暴れしたお美代も、今は唇を嚙んでじっとしていた。吉次の姿だけ見えないが、舟は追われているから、おっつけ捕らえられるだろう。

森山は座敷に上がると、捕らえられた一同の前に立ってじろりと見据えた。

「渥美屋辰次郎と名乗ったのは、お前か」

森山は辰次郎の首筋に、手にした鞭を当てた。

「へい、左様で」

辰次郎は悪びれもせず、森山を見返して答える。

「名は何と申す。本当の名だ」

辰次郎はちょっと目を逸らせた。が、すぐ諦《あきら》めたように視線を戻す。

「欽六《きんろく》、と申しやす」

「ふむ。お前が首領か」

欽六は、せせら笑いを浮かべた。

「まさか。そんな風に見えますかい。あっしはただの使い走りで」

「おのれ、愚弄《ぐろう》するか」

等々力が気色《けしき》ばみ、前へ出ようとした。それを森山が押しとどめる。

「やめておけ。後でじっくり聞けばよい」

森山は欽六をもう一度睨みつけ、踵を返して惣兵衛に歩み寄った。

「一文字屋、手数をかけたな。ご苦労であった」

「いえ、とんでもない。手前の方こそ、助かりました」

「この者たちは役宅にて詮議いたす。調べの具合によっては、そなたを呼び出すこともあるやもしれぬ。それは心得てもらいたい」

「はい、心得ております」

そこへ、同心の一人が息せき切って駆けこんできた。

「お頭。舟を捕らえました」

「何、首尾よく捕らえたか」

森山の顔に笑みが浮かび、惣兵衛は胸を撫《な》で下ろした。これで三千両も無事だ。

「は、大川へ出たところで、浅草御蔵の八番堀の前で待ち伏せておりました我らの舟が、すぐに追いついて取り押さえました。乗っていた船頭ともう一人も、召し捕ってございます」

これが聞こえたらしい欽六が、口惜しそうに目を背けるのがちらりと見えた。ざまを見ろだ。惣兵衛は溜飲を下げて、森山に祝いを述べた。

「お見事でございました」

森山は、うむ、と鷹揚に頷いてから、等々力に言った。

「北紺屋町の蔵に張り付いておる者たちからは、何も言って来ぬか」

「はい。あちらは無事なようです。此奴らの仲間がまだ居ったとしても、主だった者どもが捕らわれたと知れば、身を隠すでしょう。蔵を襲うどころではありますまい」

「こちらとしては、蔵を襲ってくれた方が手間が省けるが、致し方あるまい。一文字屋はそうは思うまいがな」

森山は揶揄するような目を惣兵衛に向けた。惣兵衛はむっとしたが、蔵の中身がどういう金か知られている以上、何も言えない。

「蔵の見張りは、引き上げさせますか」

等々力が訪ねたが、森山はかぶりを振った。

「念のため、明け六ツ（午前六時）まで見張らせておけ。それで何事もなければ、もういい」

「承知仕りました。舟の者たちは、こちらに来させますか」

「いや、それには及ばん。捕らえた者をそのまま役宅に引っ立てるよう伝えよ」

そう指図してから、森山は惣兵衛に言った。

「三千両も、一旦役宅で預かる。今、隠し蔵に戻すのはまずかろう。そなたも朝までは蔵に近付かぬ方がよい」

「ごもっともです。承知いたしました」

「よし、後は我々が始末をつける。今宵はもう帰って良いぞ」

「はい、ありがとうございます。後日改めまして、御礼に伺います」

ようやく解放された。惣兵衛は森山から離れると大きく溜息をつき、庭の隅で目立たぬように成り行きを窺っていた和助を呼んだ。和助は、やれ助かったとばかりに駆け寄ってきた。

「旦那様、お疲れ様でございました。首尾よく運びましたこと、本当によろしゅうございました」

「ああ。どうやら金も全部、助かったようだしな。火盗改には、後で礼金を渡しておかねばなるまい。連中は奉行所に比べると、だいぶ貧乏だと聞いているからな」

「はい。いかほど渡しましょう」

「まあ、三千両の一割、三百両ぐらいは要るだろう」

付け届けとしては相当な額だが、詐欺から逃れたことを思えば安いものだ。惣兵衛はこの上なくいい気分になって、夜道を浅草御門の方へと向かった。そろそろ五ツ半（午後九時）だ。あの辺まで行けば、戻り駕籠が摑まるだろう。

二

翌朝、日が高くなってから、惣兵衛は北紺屋町に出かけた。昨晩遅く店に戻った後は、火盗改から何も言ってこない。ということは、隠し蔵は襲われなかったのだ。それでも取り敢えず、様子だけは確かめておきたかった。

隠し蔵は、土塀に囲まれているものの、至って簡素な板張りの建物である。外からは屋根が見えるだけだが、一見したところ隠居所か大きな物置のようだ。土塀とはいささか不釣り合いだが、不審を覚えるほどではない。

惣兵衛は土塀の一角にある木戸を開け、敷地に入った。裏手の長屋から子供の声が聞こえる以外は、静かだ。ここを見張っていた火盗改は、影も見えない。森山の指図通り、朝を待って引き上げたのだろう。

　惣兵衛は蔵を一渡り眺めた。板張り造りに見せてあるが、その内側は厚い土壁だ。板を剝《は》がしても、破れるものではない。障子の嵌《はま》った窓が二つあるが、いずれも偽物で、障子を開けても裏には土壁があるだけだ。

　これといって異常がないのを確かめた惣兵衛は、正面の扉の前に立った。木の引き戸だが、内側には分厚い観音開きの扉がある。引き戸も厚さが一寸ほどの一枚板で、体当たりしたぐらいでは壊れない。惣兵衛は引き戸に付けられたからくり錠が、しっかり掛かっているのを見て取った。これなら開けてみるまでもあるまい。満足して外へ出た。

　店へと歩きかけ、惣兵衛はふとお沙夜のことを考えた。昨夜捕まった連中の中に、一味の頭も居たのだろうか。お沙夜が頭の女なら、頭がお縄になったと聞けば、すぐに姿をくらましたかもしれない。

（様子を見てみるか。確か、神田仲町だったな）

　惣兵衛はそのまま、北へ足を向けた。

　江戸橋から神田川へ向かう途中で、堀留町の渥美屋江戸店の前を通ってみた。もとより偽の店なのだから、商いを続けているはずはない。表を見ると、もう昼四ツ（午前十時）になろうかというのに、雨戸が閉め切られたままだ。看板だけはまだあるが、人の気配はなかった。

（まったく、こんな大掛かりな仕掛けまでしおって、すっかり無駄になったな）

惣兵衛は嘲《あざけ》りの一瞥をくれてから、また神田へと歩き始めた。


神田仲町に入り、この辺だろうと見当を付けて、割合に立派な造りの長屋の裏手に出た。すると、微かに三味の音が聞こえる。これはと思って近付くと、女の澄んだ唄声が耳に届いた。間違いない、お沙夜の声だ。

（逃げては、いなかったか）

驚きつつもほっとしたような心持ちで、惣兵衛は立ち止まったまま、しばしその声を聴いていた。考えてみれば、火盗改はお沙夜のことをまだ知らないはずだ。頭が口を割れば別だが、惚れているならそんなことはしないだろう、と思った。

（ものにできるだろうか）

惣兵衛は考えを巡らせた。いきなり押しかけるのはまずいだろう。火盗改の目も気にしなければならない。まずは何とかして弟子入りし、折りを見て、あんたの秘密は知っている、と囁く。頭はどうせ獄門だ。自分さえ黙っていれば大丈夫。言うことを聞いてくれれば、悪いようにはしない……。

（まあ、焦らずに攻めていくさ）

あれほどの女なら、難しくとも攻め甲斐がある。惣兵衛は口元を緩め、店へ戻ろうと踵を返した。

さらに二日経った。火盗改からは、依然として何も言ってこない。惣兵衛は首を傾げた。

（三千両を、いつまでも役宅に置いておくわけにはいかないだろうに。まさか使い込んだりはするまいが）

和助にも少し不審に思えてきたようだ。

「もしや、こちらから挨拶に出向くのを待っているのではありませんか」

なるほど。暗に礼金と言うか、袖の下を催促しているのか。

「かもしれんな。昼からでも、行ってみるとしよう」

惣兵衛は三百両を用意させ、桐箱に入れて風呂敷に包んだ。それを持ち、和助を伴って火盗改方の役宅に向かった。

火付盗賊改方は、町奉行所と違って決まった役所というものを持たない。御先手組の頭である旗本が、特に命じられて役に就き、その屋敷を役宅とするのである。普通の屋敷のままでは役目に不便なので、作事奉行に願い出て、牢などを設える普請をする。森山の屋敷もそうなっており、門の両側には、火付盗賊改方と書かれた提灯が物々しく掲げられていた。

(ずいぶん、静かだな)

あれだけの大捕物から日にちも経っていないので、もっと人の出入りが激しいと思っていた。だが、今見たところでは、門番の小者以外に人の姿はない。

「恐れ入ります。一文字屋惣兵衛でございます。お頭の森山様にお取次ぎを」

門番にそう声をかけると、怪訝な顔を向けられた。

「お頭様に？　どんなご用で」

「それは無論、先日の捕物につきましての御礼のご挨拶ですが」

まさかこの門番は、火盗改にとって久々の、あの大捕物を知らないのか。惣兵衛に睨まれた門番は、しばらく待てと言って奥へ走った。惣兵衛は和助と顔を見合わせ、やれやれと溜息をついた。

さほど待たぬうちに門番が駆け戻り、玄関へ通るよう言った。惣兵衛と和助は、軽く礼をしてから、言われた通り玄関へ進んだ。

玄関の式台の上で、厳つい顔をした四十くらいの侍が二人を待っていた。おそらく与力あたりだろう。惣兵衛は丁重に腰を折って、挨拶を述べた。

「一文字屋惣兵衛でございます。このたびは大変にお世話になりました。改めまして御礼に参上いたしました」

「火付盗賊改方与力、宮野兵庫輔《みやのひょうごのすけ》と申す。一文字屋と言われたな。日本橋南で菓子を商う、あの一文字屋殿か」

「はい、左様でございます」

今さら何を言っているのだ、と惣兵衛は呆れた。この男、詐欺一味を捕らえるのに関わっていなかったのか。

「捕物の礼、とのことだが、どの捕物のことかな」

惣兵衛は耳を疑った。

「どの……？　それはもちろん、三日前の夜の浅草猿屋町の一件でございます」

「三日前の夜？　三日前には何も起きておらんが」

「何とおっしゃいます」

何も起きていないだと？　そんな言いぐさがあるか。

「失礼ながら、等々力様はどちらに。等々力様にお聞きいただければ、わかります」

苛立ちが頂点に達した惣兵衛は、口調が強くなるのも構わずに言った。だが、宮野の答えは惣兵衛を仰天させた。

「等々力？　そういう者は、火盗改方には居らん。何かの間違いではないのか」

「居られない……ですと！」

二の句がつげずに呆然としていると、廊下に足音がして、初老の痩身の侍が姿を見せた。宮野が、居住まいを正して脇に寄った。

「いったい何事じゃ。この者はどうしたのじゃ」

「は、それが……」

宮野がその侍に返答しようとする横から、惣兵衛が聞いた。

「あの、大変失礼ながら、こちらは……」

その無礼に宮野は顔を顰めたが、答えは返した。

「お頭の、森山源五郎様じゃ。控えよ」

惣兵衛は息を呑《の》んだ。目の前に居るその初老の侍は、年恰好こそ同じようだが、惣兵衛の知っている森山とは、まったくの別人だった。

「こ、こちらが森山様で……」

「いかにも。そなたはお頭に御礼ということで、来られたのではないのか」

惣兵衛の様子を見て、宮野も不審に思ったようだ。表情が険しくなる。惣兵衛は、その場に座り込みそうになるのを辛《かろ》うじて堪えた。隣の和助は、何が何だかわからない、という有様だ。

「どういうことなのだ」

森山に詰め寄られ、惣兵衛は震えながらようやく口にした。

「それがその……手前どもはどうやら、森山様と火盗改方を騙る連中に、三千両を騙し取られたようです……」

「火盗改を騙る連中だと」

さすがに森山と宮野の顔色が変わった。惣兵衛と和助のうろたえぶりから、只事でないと承知したようだ。

「こちらへ参れ。詳しい話を聞きたい」

森山は惣兵衛を促し、奥へ向かった。惣兵衛は式台に足をかけたが、足が震えて倒れそうになり、和助と宮野に両脇を支えられ、やっとのことで廊下を進んだ。


「何と、そのようなことが、誠に……」

惣兵衛の話を聞き終えた森山は、絶句した。

「お頭。これは由々しきことにございますぞ」

宮野も顔を引きつらせている。それも当然だ。よりにもよって、詐欺一味を捕らえるべき自分たちに成りすました一味がいて、まんまと大金をせしめたとあっては、火盗改は御老中を始めとする幕閣のお歴々に、顔向けができない。

「その者たちの人相風体は、しかと覚えておろうな」

宮野が、まるで凄むように迫った。惣兵衛はなんとか頷く。

「主だった者たちは、覚えております。しかし、少なくとも二十人は居りましたので……」

「全て、とは言わぬ。まずはお頭に化けた者、等々力と名乗った者、それに渥美屋と娘、佐倉屋と倅。これならばわかるな」

「は、はい。それならば」

惣兵衛は和助にも確かめながら、一人ずつその人相や背恰好を話した。宮野が紙と筆を出し、いちいち書き留めていく。だが惣兵衛は、話しながら考えていた。

（人相書を作ったとしても、簡単には捜し出せまい）

顔を覚えられているのは、向こうも先刻承知だ。おそらくは素顔を出さず、役者並みに変装していたであろう。年恰好にしても、髪を染めたり歩き方や姿勢を変えたりすれば、かなりの程度誤魔化せる。

「彼奴《きやつ》らは、舟を使ったと申したな」

「左様でございます」

「大川を調べましょう」

宮野が勢い込んで言ったが、森山は「うむ」と唸っただけだった。もう三日も経っているのだ。夜だったとはいえ、大川を行き来する舟は少なくない。千両箱三つ程度の荷を載せた何の変哲もない舟など、誰の記憶にも残るまい。

「まずは浅草猿屋町の香梅という店だ。人数を出し、天井板一枚に至るまで調べ上げよ。持ち主がどうなっておるかもだ。急ぎ手配りいたせ」

「ははっ」

さっと一礼して出ていこうとする宮野を、森山が呼び止めた。

「町奉行所には、悟られるな」

「承知いたしております。では、御免」

宮野が出てから、森山は惣兵衛にも言った。

「そなたも町方には届けるな。この一件、火盗改方にて万事取り扱う」

「はい、何卒よろしくお願い申し上げます」

森山としては、火盗改方の大黒星を奉行所に喧伝されるわけにはいくまい。惣兵衛もそこは首肯せざるを得なかった。

三

森山の役宅を辞した惣兵衛は、この急な展開がまだ半ば信じられない思いだった。偽の火盗改には、何の疑いも抱いていなかったのだ。わざと渥美屋を怪しげに見せ、それを見抜いた如く装うことで、自分たちを信用させるとは、何と手の込んだ手口だろう。

（しかも奴らは、裏稼業の金貸しのからくりも、一両菓子のことも、全部知っていた）

気付かぬうちに、相当調べ上げられていたらしい。本物の火盗改より、余程頭の切れる連中だ。現に、本物の方は惣兵衛の裏稼業について、まだ何も知らないようなのだ。

（調べが進むうちに、裏の商売や新左エ門のことがばれたら、まずいことになる）

奉行所と火盗改がばらばらに動いているうちは、容易には発覚しまい。が、それも長くは保《も》たない。惣兵衛は気が気ではなかった。商売を手仕舞いし、隠し蔵の六千両を使って上方へでも移ることを考えておかねば……。

「あの、旦那様」

和助がおずおずと話しかけ、惣兵衛の考えが途切れた。

めていた。

苛立ちを隠すことなく振り向くと、和助はどうしたのか、さっきよりさらに青ざ

「何だ」

「隠し蔵のことでございますが……」

「うん？　あれがどうした。一昨日確かめたが、無事だったではないか」

「ですがその……あのときは一晩中、同心に化けたあいつらの仲間が張り付いていたわけで……」

「ああ。しかし、錠前はちゃんと掛かっていたぞ」

そこでふと気付いた。隠し蔵に偽火盗改を案内したのは、和助だ。そこで何かあったのか。

「おい、錠前をあいつらに見せたのか」

「はい、どんな錠前か確かめたい、と言うので」

惣兵衛はぎくりとして、足を止めた。

「まさか……開け方を？」

和助は色を失い、震えながら答えた。

「は、はい……その場で開けて見せまして……」

聞き終える前に、惣兵衛は駆け出していた。


転びそうになりながら、北紺屋町の蔵に駆け込んだ。一昨日と同様、敷地の中は静まり返り、何一つ変わったところはない。惣兵衛は震える手で、懐から肌身離さず持っている鍵を出し、からくり錠を動かして鍵穴を開くと、そこに差し込んだ。

錠前は、何事もなく開いた。惣兵衛は引き戸を叩きつけ、内側の観音開きの扉の把手を摑み、ぐいっと回した。重い扉が軋みもせずに開く。惣兵衛は転がるようにして中に飛び込んだ。

蔵の棚には、何も載っていない。千両箱があったところだけ埃《ほこり》が付かず、跡になって残っている。収められていた六千両は、影も形もなかった。惣兵衛は声も出せず、呆然として立ち尽くした。

どれほどの間、蔵で過ごしていたのかはわからない。気が付くと、和助と共にふらふらと堀沿いの道を歩いていた。何も考えられなくても、自分の店へ帰る道は間違えていないようだ。新場橋《しんばばし》の袂まで来て、惣兵衛は何度も首を振った。こんな有様では駄目だ。何か、打つ手を考え出さねば。少なくとも、本業はまだ無事だ。役人の手が及ぶまでどれほど残されているかわからないが、今日明日ということはない。

惣兵衛は背筋を伸ばし、橋を渡った。堀に落ちるのではないかと心配していたらしい和助も、幾らかほっとしたようについて来た。そうだ、ここで終わってはならない。御城内には、これまで鼻薬を嗅がせてきた役人が、何人か居る。そいつらを動かす手立てはないものか。

店から一町足らずのところまで来ると、日本橋通りの角でしきりに四方に目を向けている男が見えた。一文字屋の手代の一人だ。何をしているのだろう、と思ったとき、手代が惣兵衛を見つけ、大慌てで駆け寄ってきた。

「ああ旦那様、お帰りが遅かったので……大変でございます」

「何だ。どうしたんだ」

手代は泣きそうな顔になっている。惣兵衛と和助は、わけがわからず困惑した。

「は、はい、うちの菓子を食べたお客様が、幾人も食あたりを起こされたとかで」

「えっ」

　俄かに信じ難い話だ。菓子作りには、他の店に比べても充分過ぎるほど気を遣っている。食あたりのもとになるようなものが、混ざり込むとは思えない。ここ何日かの陽気で、腐ったものがあったのか。いや、それに手代や職人が気付かず売ってしまうなど、まずあり得ない。実際この二十年、店の売り物で病になった客など、一人も居なかったのだ。

「言いがかりじゃないのか。小金をせびろうという半端者だろう」

　そういう輩は、これまでにもなくはなかった。そういう奴を脅しあげて、二度とそんな料簡を起こさないようにするのは、仁伍の役割だったのだ。

「いいえ、違うようです。年恰好も住まいも違う七、八人の方々で」

「七、八人？　店に来ているのか」

「いいえ、医者の方が来られまして、食あたりを起こした方々を診てきたと」

「その連中、医者にうちの菓子を食べてそうなったと言ったのか」

「いいえ、何を食べたか仔細に聞いたところ、共通していたのはうちの菓子だけだったそうです」

「待て待て。こんな往来で話している場合じゃない。店へ入ろう」

通行人が何人もこちらを見ている。惣兵衛は和助と手代を急かし、店の方へと通りを曲がった。

一文字屋が目に入ったとき、惣兵衛は思わず足を止めた。店先に十人ほどが集まり、何事か騒いでいる。そのうち何人かは、手に紙を持っていた。

「何だあれは。いったい何事だ」

思わず声を漏らしたが、手代も戸惑っている。そのうち、大工か何からしい半纏《はんてん》を着た若い男が、こちらに目を留めた。

「おっ、一文字屋の旦那じゃねえのか」

若い男はそう叫び、惣兵衛を指差した。他の者たちも、一斉にこちらを向く。あいつ、自分の顔を知っているのかと驚いたが、ふと見ると、隣に立つ手代は一文字屋の屋号の入った前掛けをしている。惣兵衛は顔を顰めた。これでは目立つのも当然だ。

大工風の若い男は、えらい剣幕で惣兵衛の前に立ちはだかった。

「やいやい、おめぇが一文字屋だな。おめぇの店は、金持ちにゃ高くてうまい菓子を売って、俺たち貧乏人にゃ、腹を下しちまうような代物を売りつけんのかい」

「と、とんでもない。この一文字屋がそんなことなど」

「何がとんでもねえだ。こいつを見てみろ」

男が持っていた紙を突き出した。どうやら読売のようだ。そこに書かれたことを見て、惣兵衛は目を剝いた。そこには菓子を食べて腹を押さえる人の絵入りで、一文字屋が金持ち向けの高価な菓子にいい材料を回し、庶民向けには残った質の悪い材料を充てて、暴利をむさぼっていると記されていた。

「こっ……こんな……」

後ろから覗き込んだ和助が、うめき声を上げた。

「馬鹿な。こんなのは、大嘘だ。どこの読売屋がこんなことを」

惣兵衛は叫んだものの、怒りで声が震えた。例の一両菓子だけは特別だが、店先で売っているものを区別して質の悪い材料を充てることなどない。とんでもない言いがかりだ。

「この読売は嘘っぱちだってのか。腹を下した人は、ちゃんと居るんだぜ。お天道様に、これは絶対に嘘なんだ、って言えんのかい」

男は読売を振り回し、惣兵衛に迫った。いつの間にか、惣兵衛たちは数十人の野次馬に取り囲まれていた。

(いったいどうなっているんだ!)

惣兵衛は腹の底から大声で叫びたかった。食あたりが出ただけでも信じ難いのに、それがもう読売になっている。幾らなんでも、早すぎるだろう。こんなものが江戸中に流れたら、しばらく店は開けられない。

「とにかく、とにかく一文字屋は、このようなことはいたしておりませんっ」

野次馬たちに怒鳴ったが、自分でも虚《むな》しく聞こえた。この場に居ても追い詰められるばかりだ。惣兵衛は野次馬に背を向け、店に入ろうとした。

「なんだおい、逃げるのか!」

後ろから責めたてる声が追ってくる。惣兵衛はそれに構わず、人垣をかき分けた。

「おう、ちょっと待て。通してくれ」

野次馬と異なる、指図するような鋭い声が聞こえ、惣兵衛は振り返った。その目の前に、十手が突き出された。

「一文字屋、覚えてるか。北町の山野辺だ」

惣兵衛は、十手と相手の顔を交互に見つめた。河津屋で会った、定廻り同心だ。

「あ……これは。ええ、山野辺様でございましたね。お騒がせいたしまして、申し訳ございません」

「食あたりが出たらしいな。医者がそう言いに来たろう」

「はあ、手前はその医者に会っておりませんので……」

そう言えば、医者はどうしたのだ。もう帰ったのだろうか。

「お前が会ったかどうかはいい。その医者、良斎と言うんだが、知り合いでな。もう話は聞いてるよ」

「え、そうなのですか。いえ、しかし手前どもの菓子はそのような……」

何とか反論しようとする惣兵衛を、山野辺は止めた。

「たまたま悪くなった材料が紛れ込んだとか、間違って傷《いた》んでる菓子を売っちまったとか、そんな程度の話で済むならいいが、この読売にあるように、わざわざ質の悪いものを使って安い菓子を作っていたとなると、放っておけねえな」

山野辺は読売を惣兵衛に突きつけ、読売を十手で叩いた。

「読売が勝手に書きなぐったことを、そのままお信じになるのですか」

「鵜呑みにはしねえさ。とにかく、こんなものが出ちまったからには、よく調べさせてもらう。取り敢えず、お前さんと菓子職人の頭に、大番屋まで来てもらおう」

「はあ……承知いたしました。お調べいただければ、根も葉もないこととご納得いただけると思います」

一文字屋の菓子は最低でも一個十文。並みの菓子の二、三倍の値だ。食あたりが出るほど粗悪な材料を使う必要など、どこにもない。調べればすぐわかること、と惣兵衛は気持ちを静め、職人の頭を呼びにやらせた。この様子を見ていた野次馬も、少し落ち着いてきたようだ。

(まったく、ふざけた話だ)

憤懣《ふんまん》やる方ない惣兵衛は、読売の版元に落し前をつけさせてやる、と息巻いた。ほんの一時、九千両を奪われたことも頭から消えていた。

大番屋で、惣兵衛は山野辺に、食あたりが自分のところの菓子のせい、というのはあり得ない、と力説した。職人の頭も、いかに自分たちが菓子作りに気を遣っているかを、滔々《とうとう》と語った。終いには山野辺も首を捻り、わかった、今日のところはいい、と降参した。

（こんなことに振り回されるより、あの詐欺師どもをさっさと捕らえてくれ！）

惣兵衛はそう叫びたかったが、火盗改から口止めされている以上、八丁堀にその話はできない。苛立ちで頭が割れそうになりながら、店へ帰った。日はもう暮れている。

「ああ、旦那様。お帰りなさいませ」

雨戸を閉めた店に入ると、和助が大きな安堵の溜息をついて出迎えた。

「店は、閉めていたのか」

「はい。旦那様と頭が大番屋へ行かれてからは、とても商売になりませんでしたので」

「そうか。まあ仕方ない。明日は店を開けるぞ」

「では、食あたりの疑いは晴れましたので」

和助の顔がぱっと明るくなった。が、惣兵衛は厳しい顔のままで言った。

「はっきりと無罪放免になったわけじゃない。役人の方も、決め手がないので処断できないだけだ。調べは続ける、と言っている」

「しかし……うちの店で食あたりなど出るはずが……」

「そんなことはわかっている！」

苛立ちが限度を超え、思わず怒鳴り声を上げた。和助がすくみ上がる。

「これはおかしい。医者がねじ込みに来たのは、私たちが出かけた後だろう。なのに帰ってくる前には読売が刷り上がっていた。初めから用意していたとしか思えん」

「ではその……これも仕組まれたことだと」

和助は目を剝いた。

「まさか詐欺師の連中が」

「他に心当たりがあるか。だが奴らは、九千両奪って仕事を終えたはずだ。こんな追い討ちをかける意味があるのか」

金を手にしたからには、これ以上の関わりを避けるのが当然のはずだが。待てよ。この手口、まさか菊乃家の一件の仕返し？　菊乃家の縁者の仕業か？　もしや詐欺師ども、菊乃家と関わりがあったのか？

「和助、今、店にはどれほどの金がある」

「はい、帳場に三百五十両ほど。それだけですので、今月の掛け取りがうまくいかなければ、来月には何日か店を閉めなくてはならないかもしれません」

くそっ、店が潰れるかどうかはこのひと月次第か。綱渡りだが、乗り切れなくはない。八丁堀が裏の商売と新左エ門殺しを結び付けない限りは、生き延びられるかもしれない。

（大丈夫だ。金儲けに関しては、俺には才がある。きっと、何とかなる）

惣兵衛は自らを鼓舞するように、胸の内で繰り返した。


その見通しが甘過ぎたと悟ったのは、翌日の昼だった。ここ十年で初めて、金策に行こうと店を出た惣兵衛は、日本橋を渡った先の西側、駿河町《するがちょう》の辻に読売屋が立つのを目にした。昨日の騒動がすぐ頭に浮かび、汚れ物を見るように読売屋を睨んでから、通り過ぎようとした。そのとき、読売屋の口上が耳に飛び込んできた。

「さあさあ、昨日食あたりを出したばっかりの一文字屋だが、またえらい話が出てきた。なんと、店の奥の方で、大金持ちだけを相手に一つで一両もする饅頭をふるまってる、ってぇじゃねえか。見物の衆、ひとつ一両なんて饅頭、見たことあるかい？　食ったことあるかい？」

　行き足を止めて口上を聞いていた人々から、「聞いたこともねえぞ」「どんな饅頭だい」と声が上がる。

「そうだろうとも。貧乏人にゃ腹を下すようなものを売っておいて、金持ち相手にゃ黄金色の饅頭だ。いってぇどんな商売だ、って話さ。詳しいことはこいつに書いてある。一枚たったの四文だ。さあ買った、買った」

　何本も手が出る。昨日の今日だ、一文字屋のネタは売れるだろう。投げるように四文銭を渡した惣兵衛は、読売を引っ摑んで店に駆け戻った。

　店に入る前に、呼吸を整えた。まだ、読売を持って店に押しかける客はいない。惣兵衛は何事もなかったような顔で、店に足を踏み入れた。お帰りなさいませ、と番頭や手代が声をかけてきた。惣兵衛は頷きを返し、帳場に行った。

「和助、少し代わってくれ。調べ物がある」

　惣兵衛は帳場に座っていた和助をそう言って立たせ、自分が後に座った。和助は怪訝な顔をしたが、それではと一服するため奥に引っ込んだ。

　惣兵衛は、しばらくの間、帳面を調べるふりをした。そして隙を見て、帳場の引き出しから金を出すと、急いで懐に入れた。細かい金には手を付けなかったが、三百両以上はある。引き出しを閉じ、調べが済んだ風を装って、ゆっくり座を立った。

奥の廊下で和助と顔を合わせた。「帳場の方は、お済みで」と和助が言うのに鷹揚に頷き、惣兵衛はさらに奥へ向かった。振り向いて和助が店先へ出たのを確かめると、庭に下りた。誰も見ていないのを確かめ、裏木戸を開けて路地に出る。重くなった懐に気を付けながら、そのまま、日本橋の方へ歩いた。

表通りへと曲がる前、振り向いて一文字屋の裏を一瞥した。路地を圧するような瓦屋根が、塀の上に見えている。未練はあった。だが、こうなってはどうしようもない。惣兵衛は前を向き、通りへ向かった。二度と戻るつもりはなかった。


「一両菓子たァ、随分な代物だよな。まぁ俺たちも、あんまり野暮なこたァ言いたかねえ。しかし、仮にも上様御用達の看板を掲げる店が、こうも真っ向から御上の倹約令に喧嘩を売るような真似をしてくれちゃあな」

その日の夕方、須田町の番屋に座った山野辺は、様子を見に来たお沙夜に言った。

「一文字屋さんは、捕まらなかったんですか」

「ああ。読売を見てからすぐ行ってみたが、惣兵衛は消えちまってた。店の誰も行く先を知らねえ。しかも、帳場から三百両余り、持ち出したようだ。番頭はおろおろするばかりでな。店先の現金がほぼなくなっちまったんで、明日以降、店を開けられるかどうかわからんとよ。そもそもこんな読売が出ちまったんじゃ、商いを続けられるもんか」

「書いてあるのは、本当のことなんですね」

「さっき版元に寄ってきた。向こうも、それなりの根拠がなきゃあ、こんなことは書かねえとさ。なかなか言わねえが、タレこんだ奴が居るようだ。ま、火のねえところに煙は立たねえとも言うからなあ」

山野辺は肩を竦め、読売を懐にしまった。

「他にも聞きてえことはあったんだ。例えば仁伍がどうなったか、とかな」

「それもやはり、一文字屋さんが？」

「まだ何とも言えん。が、姿をくらましたってことは、奴が関わってるに違いねえ」

断言は避けているが、山野辺の口調からは、新左ェ門殺しを仁伍にやらせたのが一文字屋だと疑っているのが、明らかだった。

(どうやら火盗改方は、町方にすっかり後れを取っているみたいね。これじゃあ、森山は前任の鬼平こと長谷川平蔵に並ぼうなんて、到底無理だろうな)

だが、その町方にしたところで、一文字屋が九千両巻き上げられたことにはまだ気付いていないのだ。おそらく一文字屋は、火盗改に駆け込んだとき、恥をかきたくない森山に口止めされたのだろう。そんな縄張り争いは、大歓迎である。

お沙夜は山野辺に気付かれないよう、鼻先で嗤った。

四

四日前の夜に遡《さかのぼ》る。

浅草御蔵の辺りから大川に出て、吾妻橋《あづまばし》をくぐり、さらに北へ上って行くと、ぎっしり並んだ江戸の家並みは次第に途切れる。右手は、大店の寮などが点在する小《こ》梅村《うめむら》や寺島村《てらしまむら》など、緑の多い向島《むこうじま》の閑静な眺めが広がるのだが、今は灯りも少なく、大半が暗闇に沈んでいる。

そんな寺島村の川岸に、続けて四艘の舟が着いた。それぞれに七、八人が乗っている。川堤の上に立ち、舟を見下ろしていたお沙夜は、安堵の息を吐いた。舟の者たちは次々に飛び降り、堤を上ってきた。お沙夜は提灯を掲げ、先頭の侍姿の男に声をかけた。

「鏑木さん、お疲れ様。首尾は上々のようだね」

「ああ、ものの見事にな。一文字屋は、これっぽっちも疑っちゃいない」

火盗改方与力、等々力佐兵衛に扮していた鏑木左内が、ニヤリと口元を緩めた。

「彦次郎はまだかい」

川の方を振り返って、左内が尋ねる。

「ええ。あっちは両国橋の先まで一旦下ってから引き返す手筈だから。もう少し遅くなるでしょうね」

そうだな、と左内は頷き、後ろから上ってきた娘に手を貸した。

「お万喜《まき》、ずいぶんと暴れたもんだな。もうちょっとで、徳利をぶつけられるところだったぜ」

左内がからかうように言うと、渥美屋の娘、お美代の役を務めたお万喜が、「もう」と左内の背中を叩いた。

「一所懸命だったんだから。途中でちょっと、やり過ぎかなって思ったけど、やめるわけにいかないじゃないですか」

お万喜は、この前の大仕事でお沙夜たちと関わりを持ち、仲間になった新参だ。お沙夜の配下で大事な役を担うのは初めてなので、つい気合が入ったのだろう。

続いて上がってきたのは、佐倉屋の倅、圭之助を演じた陽太郎《ようたろう》という、役者くずれの若者だ。今回は、岩代屋の手代と二役である。左内に調子を合わせて、お万喜に苦笑してみせる。

「俺なんざ、とばっちりで顔に皿をお見舞いされそうになったんだ。まったく、許嫁《いいなずけ》相手に容赦ねえんだから」

「誰が許嫁よ。そういう役だってだけじゃないの」

お万喜が肘で陽太郎を小突いた。お沙夜が笑いながら指図する。

「さあさあ、こんなとこでいつまでもとぐろを巻いてちゃ駄目だよ。さっさと寺の方へ行った、行った」

言われた一同は、ぞろぞろと歩き出した。ここから三町ほど離れたところに、法《ほう》建寺《けんじ》という廃寺がある。お沙夜たちはそこを手に入れ、隠れ家にしているのだ。

「万吉《まんきち》さん、馬は大丈夫？」

お沙夜が聞くと、偽の森山源五郎だった万吉が、「へい」と応じた。本当の年齢《とし》より十歳は老けて見える化粧を施しているので、しゃんとした歩き方が不釣り合いだ。

「ええ、鞍を外して、若い衆に荒縄で引いて行かせやした。暗い中なら、荷車の駄馬に見えるでしょう。朝までには、借りた百姓に返しときます」

「まったく、馬なんか使うから余計な仕事が増えちまうんだよ」

万吉の脇に寄った渥美屋辰次郎こと、欽六が文句を言った。上州の農家生まれの万吉は、馬も乗りこなせるのだ。

「だってお前、火盗改方のお頭ってのは、四百石の御旗本だろ。出張るのに徒歩《かち》ってんじゃや、恰好がつかねえじゃねえか」

「そりゃわかるが、要するに自分が乗ってみたかったんじゃねえのか」

「それぐらいいいだろ。一ぺんくらい、殿様気分で馬に乗ったって」

「何だ、やっぱりお前がやりたかっただけか」

　欽六と万吉は、軽口をたたき合いながら夜道を進んでいく。その後に、同心や捕り方の扮装をした十人余りが続いた。お沙夜は頬を緩めて見送ってから、大川に目を戻した。二、三町先から、提灯を掲げた舟がこちらに寄せてくる。

「来たようだな」

　左内が頷いた。その舟には二人が乗り、菰《こも》を被せた荷を積んでいる。岸に寄せると、舳先の方に座っていた男が、立ち上がって手を振った。提灯で顔がぼんやり見える。彦次郎だ。

「姐さん、お待たせしやした」

「ご苦労様。何事もなかったかい」

「へい。大川に出てから、こっちに気を向けるような奴は、誰も居やせんでした。香梅の方は、片付きやしたかい」

「ああ。何一つ残していない。何度も確かめたよ」

　左内が請け合うのに、彦次郎も頷く。香梅の店は、仕掛けのために見つけ出し、借り上げておいたものだ。借主は言うまでもなく偽名で、持ち主は何も知らない。あの場所なら、周りに町家がないので、少々の騒ぎでも野次馬が大勢集まることはない、と踏んだのだ。実際、遠巻きにしていた連中は幾人か居たが、火盗改の提灯を振ると、関わり合いを恐れて引っ込んでしまった。

「よし、どうやら今夜はうまく運んだね。ところで……」

お沙夜は手拭いで頰かむりしていた船頭に声をかけた。

「永太郎さん、よくやってくれましたね」

頰かむりを取った永太郎は、深々と頭を下げた。

「いえ、あっしはいただいた役目をこなしただけで」

提灯に浮かぶ永太郎の顔は、げっそりとやつれたままだった。しかし、提灯の光が照らし出すその目は、生気を取り戻したように見える。

「お沙夜さん、鏑木さん、本当にありがとうございます。仇討ちを仕掛けていただいただけでなく、俺も関われるようにしてくれて、御礼の申しようもござんせん」

「私たちがやったのは、仇討ち、なんて偉そうに言えるもんじゃない。ただの盗人さ。でも、それで少しでも永太郎さんの気がすむなら、と思って、手伝ってもらったんだけど」

お葉と永助が死んでから、永太郎はずっと引きこもって自分を責めていた。このままでは永太郎も死んでしまう、と思ったお沙夜たちは、一文字屋を叩き潰す企みに、永太郎を加えることを考えたのだ。

こんな仕事が、お葉さんたちの供養になるとは思わない。お沙夜も左内も、そこまで思い上がってはいない。だが、それで永太郎の胸のつかえが少しでも軽くなるなら、値打ちはある。話を聞いた永太郎は驚いたが、考えた末、自分が何かできるなら、と仕事に加わることを決めたのだ。

「こう言っちゃなんだが、香梅でお前さんが作った料理は、やっぱり見事なものだった」

左内が褒めると、彦次郎も傍から言った。

「それに舟の操り方もね。素人にしちゃ、上出来だ」

永太郎は俯き加減に頷く。

「自分で料理に使う魚を獲ろうと思って、ちょいと習ったことがありまして。まあ、ものにはなりませんでしたが、こんなところで役に立つとは」

「おかげで助かった。さて、それじゃあ荷を運んじまいやしょう」

彦次郎が菰を外した。千両箱が三つ。

「北紺屋町の蔵から来る連中は、まだですかい」

「ああ、あっちは町の真中だもの。夜中に人気がなくなってから、ゆっくり運び出す。すぐ前の亀島川《かめじまがわ》から大川に出て、こっちに着くのは子《ね》の刻（午前零時）過ぎてからだろうね」

「じゃあ取り敢えずこの三千両を運んで、寺で一杯やりやすか」

「ああ、そうしよう。永太郎さん、悪いけどもう一仕事」

永太郎は、へい、と応じて千両箱の一つを担ぎ上げた。同じように千両箱を担いだ彦次郎と左内を従え、お沙夜は法建寺へと向かった。

北紺屋町に行っていた連中が着いたのは、やはり子の刻をだいぶ過ぎてからだった。

「どうも、すっかり遅くなっちまって」

そう挨拶して本堂に入ってきたのは、伊八郎《いはちろう》という小柄な男だ。小皺が多くて年嵩に見えるが、四十になったばかりだった。

「ご苦労さん。そっちもうまく運んだようだね」

伊八郎は愉快そうに笑った。

「何しろ、あっちへ着いてからほとんど、あっしらだけしか居なかったんだ。夜中に運び出しにかかるまで時はたっぷりあるし、錠前の開け方は先刻承知だし、こんな楽な仕事はありやせんぜ」

蔵へ出向いたときには、火盗改の同心の恰好だったが、今は黒ずくめの着物になっている。伊八郎が率いた六人も、同様だった。

「江戸一番の錠前破りとしちゃ、歯応えがなさすぎたかなあ。済まなかったねえ」

「いやいや、とんでもねえ。仕事ってなァ、無理をしねえのが一番いいんだ。濡れ手で粟と洒落込めるなら、それに越したこたァねえですよ」

からくり錠は、鍵穴がどう隠されているかが胆《きも》なのだが、伊八郎たちを火盗改と思っている和助が、それをしっかり見せてくれたのだ。後は造作もない。

「さて、それじゃあそろそろ、御開帳といきやすか」

彦次郎が床に並んだ九つの千両箱を指して、言った。周りの連中は、伊八郎を待つ間にすっかり出来上がっていたのだが、御開帳の声に忽ち素面《しらふ》に戻り、近所が驚かない程度の控え目な歓声を上げた。

「ようし、みんな順番に並べ。今回は人数が多かったから、間違えないようにしないとな」

左内の指示で、皆が列になった。全部で三十七人。赤穂義士《あこうぎし》より十人少ないが、伊八郎のように腕の立つ者も幾人か居り、これだけの顔ぶれをよく集められたものだ、とお沙夜は自分で感心する。

千両箱の一つを開けて分け前を配ると、残りはいつもの通り、床下の穴倉に収められた。ひとまず、今夜はこれでおしまいだ。役目を終えた者たちは、目立つのを避けて三々五々、寺を出ていった。

「さあ、次の段取りだ。腹下しを飲んで食あたりのふりをする奴、こっちへ集まれ」

左内が手招きし、残った七人の男女が雁首を揃えた。

「いいか、やるのは明後日から明々後日《しあさって》にかけてだ。早過ぎても、遅過ぎてもいけねえ。腹下しも、飲む量を間違えるなよ」

七人が頷き合い、左内はさらに細かい手順を告げていった。お沙夜は傍らの彦次郎に確かめた。

「彦さん、読売屋の方は大丈夫なんだね」

「ええ、もう版木まで彫り上げて、合図を待ってやす。版元は義理堅い奴ですからね。まず間違いはねえでしょう」

「山野辺さんにも、これでひと役買ってもらおう。どうしてそうなったか、気付きやしないだろうけど」

山野辺も、新左エ門殺しと仁伍の行方知れずと菊乃家の一件を、結び付けるところまでは来ていた。だが、決め手を欠いて一文字屋に踏み込めないでいる。次の企みでは、一文字屋の表の商売の息の根を止めると共に、山野辺の背中を押してやるのだ。仕掛けが弾ければ、あとは山野辺が勝手にやってくれるだろう。

「永太郎さん」

お沙夜が、そうっと本堂を出ていこうとする永太郎に気付いて、呼び止めた。

「あんたに、分け前をまだ渡してないですよ」

それは他の仲間と別建てで、お沙夜が渡すつもりだった。が、永太郎は、遠慮がちに振り向くと、かぶりを振った。

「いいえ、俺は」

「でも、あれだけのことをやってくれたんだ。ここに用意してあるから」

お沙夜は五十両の包みを出して、永太郎の方に押しやった。それでも永太郎は、手を出そうとしなかった。

「お気持ちだけで。この仕事に加われたことで、充分です」

永太郎はそう言って、お沙夜を真っ直ぐに見た。お沙夜は少し、たじろいだ。自分は仇討ちをした。だが、この分け前を受け取れば、俺のやったことは盗みになってしまう。それでは、女房と倅に顔向けができない。永太郎の目が、そんな風に語っていた。

「そう、わかった」

お沙夜は目を伏せ、金包みを引っ込めた。永太郎は床に両手をつき、「ご勘弁を」と小さく言うと、お沙夜が声をかける前に身を起こし、さっと立ち上がった。お沙夜は、永太郎の双眸《そうぼう》が濡れているのに気付いた。

永太郎はそのまま背を向け、戸口に進んだ。その背にお沙夜は、「どうかお達者で」と声を投げた。永太郎は振り向かず、ただ頭を下げた。本堂に残っていた者が皆、居住まいを正し、その後ろ姿を見送った。

五

　一文字屋が逃げてから二日目。広小路の茶屋で隣り合って座った山野辺は、何だか疲れた顔をしていた。

「どうなすったんです、山野辺様。一文字屋の手掛かりが見つからないんですか」

　お沙夜が心配そうに言うと、山野辺は「うむ」と唸った。

「奴がまだ見つからないのも厄介だが、実はな、和助って番頭を締め上げたところ、一文字屋は詐欺師に有り金をごっそり、巻き上げられていたらしいんだ。いつぞやの、深川での一件と同じだよ」

「まあ……お金を全部盗られたんですか。でも、あんな悪人なら仕方ないですね」

「自業自得かもしれねえが、そうも言ってられねえ。そっちも探し出してお縄にしなけりゃ奉行所の面目に関わる、特に火盗改には絶対に後れを取るなって吟味与力様に言われちまった」

「火盗改？　そう言えば、火盗改が詐欺の一味を追っている、ってだいぶ前におっしゃってましたね」

「ああ。で、ここだけの話なんだが……」

山野辺は声を落とした。その顔に、薄笑いが浮かんでいる。

「詐欺の連中は、火盗改に化けて一文字屋を嵌めたらしいんだ」

「えっ、そんなことができるんですか」

お沙夜は、さも仰天したように声を上げた。山野辺は口に指を当て、「声が高《たけ》ぇよ」と慌てて言った。

「俺もまさかと思ったが、やりやがったんだ。火盗改としちゃ、赤っ恥だ。もし俺たちが先に詐欺師どもをお縄にしたら、火盗改の奴らは当分、でかい顔ができねぇだろう。和助が言うには、火盗改の奴ら、奉行所には言うなと口止めしやがったそうだ。奉行所の上の連中は、それを聞いて頭に来てる。何としても火盗改に一泡吹かせたいと思ってるのさ」

内緒だと言いながら、山野辺はこの話をしたくて仕方なかったらしい。舌の回りが随分滑らかだ。

「でもびっくりですねえ。悪人を捕まえるお役人に悪人が成りすまして、詐欺を働くだなんて」

　お沙夜はさらに大袈裟に驚いてみせる。それを見て、山野辺の口がさらに軽くなった。

「火盗改なんて、口では威勢のいいことを言って威張ってやがるが、俺たち町方に比べりゃ素人同然だからな。小耳に挟んだところじゃ、詐欺の舞台になった浅草の料理屋を、建物をばらす勢いで調べたが、何も見つけられなかったらしい」

「鬼の平蔵様のときは、お手柄も多かったのに」

「そりゃあ、鬼平だからできたんだ。森山様に代わった途端にこれだからなあ。何が何でも詐欺師を捕らえて、獄門台に送ると息巻いてるそうだが、怒鳴り散らすだけで相手が捕まるなら、苦労はねえや」

　山野辺もやはり、火盗改の失態に溜飲を下げているらしい。

「本当ですねえ……。それで、新左エ門さん殺しと菊乃家のことは、どうなりました」

「和助が言うには、金貸しの件で新左エ門は一文字屋と組んでいた。菊乃家を嵌めたのも、奴らだ。フグの毒は、奴らの仕業に違いねえ。お葉と永助を自死に見せかけて殺したのも、そうだろう。たぶん、お葉か永助が奴らの企みに気付いたんだ」

「口を塞いだんですか。何てひどい人たち」

お沙夜は顔を引きつらせ、大いに嘆いた。

「でも、どうして新左エ門さんを」

「菊乃家での殺しに怖気づいた新左エ門が、手を引こうとしたようだ。それで、始末された」

「一文字屋さんが殺したんですか」

「いや、誰かにやらせてる。おそらく、岡っ引きの仁伍だ。奴は一文字屋に金で買われてたからな」

「それじゃあ、全部わかっているんですね。さすがは山野辺様です」

お沙夜は目を輝かせて言った。山野辺はちょっと得意げになったが、すぐ溜息をついた。

「あら、どうなさいました」

「今言った話は、俺が考えてるだけで証しがほとんどねえ。和助も、殺しについちゃ知らぬ存ぜぬだ。仁伍の子分も調べたが、やはり知らねえとぬかしやがる。それに岡っ引きが殺しに手を染めたとあっちゃ、御老中が町方に目明し禁止令を出すかもしれん。それは俺たちにとって、一番都合が悪い。しかも仁伍は姿をくらましたままだ。先へ進めねえんだよ」

山野辺は残念そうに言うと、冷めた茶を一気に飲み干した。

「今のところ、公には菊乃家の母子は自死、新左エ門は行きずりの殺し、ってことになってる。どうもこのまま終わりそうな気がするなあ」

「そんな……」

ある程度予想していたとは言え、お沙夜の胸には憤《いきどお》りが湧いた。

「そうか……山野辺さんも、俺たちの見立てに追い付いたのに、そこで止まりか」

見回りに戻る山野辺を送り出した後、入れ替わりに茶店に入った左内は、お沙夜から話を聞いて嘆息した。

「やっぱり、私たちで始末をつけておいた方が良さそうですね」

「そうだな。仁伍や弁蔵は、欽六やお万喜の顔を見てるし、こっちのことも幾らかは摑んでいるだろう。何より、お葉さんと永助に直に手を下したのは、奴らだ。放

「ええ。やはり、弁蔵ですか」

「奴は彦次郎が若い連中に見張らせてる。逃げた一文字屋も見つかってないが、どちらもそろそろ動き出すはずだ」

「わかりました。何かあったら、すぐ動けるようにしておきます」

左内は頷き、立って表に出ていった。お沙夜は少し間を置いて、茶をもう一杯啜ってから広小路に出た。見世物小屋や芝居小屋、茶店に料理屋がぎっしり軒を並べる広小路は、相変わらずの人波だ。その間を縫って柳原通り《やなぎはらどお》りを進む。これだけの人が常に往来する江戸では、身を隠すのはそう難しくない。だが、一文字屋はともかく仁伍のような身持ちの軽い男が、人との関わりを絶っていつまでもおとなしく潜《ひそ》んでいられるだろうか。

(そろそろ穴から顔を覗かせるか。でなければ、あるいは……)

お沙夜は表情を引き締め、和泉橋《いずみばし》を渡って神田仲町へと戻っていった。

第五章

一

思った通り、弁蔵は動いた。

「姐さん、姐さん、夜中にすいやせん」

小さく戸を叩く気配に続いて、押し殺した声がお沙夜を呼んだ。さっと跳ね起き、表口の障子に身を寄せる。

「誰だい」

「彦次郎兄ぃの使いです。勘太《かんた》と言いやす。弁蔵が旅支度で、家《やさ》を出ようとしてるんで」

「そうかい。今、何刻？」

「八ツ半（午前三時）頃です。兄ぃは、向こうに張り付いてやす」

「鏑木さんには、知らせたの」

「へい、それが鏑木の旦那は何か野暮用で出かけてるようで。言伝《ことづて》を頼んでおきやしたが」

「わかった。ちょっと待って」

お沙夜は手早く着替え、三味線を背負った。

「ご案内いたしやす」

勘太は、腰をかがめてお沙夜の先に立った。こんな夜中では長屋の木戸は閉まっているが、この長屋自体が、丸ごとお沙夜の持ち物だ。木戸番の爺さんは、お沙夜の顔を見るとすぐに潜り戸を開け、目礼した。お沙夜たちも目礼を返し、通りに出た。

夜明け前の暗い通りを、神田から湯島《ゆしま》へと向かう。町々の木戸では、背中の三味線を示して、お座敷が真夜中すぎまで続き、翌日に外せない用事があるので仕方なく、若い衆に送られて帰るところだ、と告げて通してもらった。だが、弁蔵のような旅姿ならともかく、三味線を背負ってあまり幾つもの木戸を越えては、不審がられる。

「この先の木戸は、抜けられる道がありやす。ついて来ておくんなさい」

勘太は軽い身ごなしでお沙夜を案内し、裏手の町家の隙間や寺の軒下を抜け、本《ほん》郷《ごう》、小《こ》石川《いしかわ》へと道を急いだ。幸い、夜回りなどに出くわすことはなかった。

夜が白々と明ける頃、巣《す》鴨《がも》で彦次郎に追い付いた。勘太はそこで役目を終え、引き返していった。

「姐さん、ご足労です」

彦次郎は軽く頭を下げ、道筋の先へ首を振った。

「弁蔵は、半町ほど先を歩いてやす。日光街道へ向かってるようですね」

「行く当てはあるのかねぇ。通行手形は」

「手形を出すのは、町名主の新左エ門ですぜ。こんなときに備えて、前々から用意してあったんでしょう」

「なるほどね」

「それから、実は昨夜遅く、弁蔵のところに誰か訪ねて来てやす。すぐ帰ったんですが、その後幾らも経たねえうちに動き出したんで、何かの指図を届けに来たんでしょう」

「へえ。そいつは、どこから来たかわからないんだね」

「帰りを尾けたかったんですが、手が足りねえもんで。ですが、おそらく……」

「わかってる。一文字屋の使いじゃないか、ってんだろ」

「へい。どっかで落ち合い、つるんで逃げる算段でしょう」

「よし、もう明るくなる。気付かれないよう、少しずつ離れて追う。もうこの先、町家はほとんどない。もし一文字屋が現れたら、すぐに二人とも押さえる」

お沙夜の指図に彦次郎は頷き、先に立って弁蔵を追った。少し間を取ってお沙夜が続く。

十町ほども行ったとき、突然弁蔵が道を外れ、左手の木の茂みに入った。二人は驚き、小走りに駆けよった。

そこは太い十本余りの木と低い雑木に囲まれた猫の額ほどの土地で、昔は社《やしろ》でもあったようだ。新しい社を建てて引っ越した後、放置されたような景色だった。木の陰から窺うと、弁蔵は一本の大木の根元に跪《ひざまず》いて、地面を掘っている。その傍らには、やはり旅姿の中年の男が立っていた。

「おっ」

男の顔を見るなり、彦次郎が押し殺した声を上げた。

「一文字屋です。姐さん、大当たりですね」

お沙夜も、よしとばかりに頷いた。

「どうやら、今までに貯めて隠してあったお宝を、掘り出してるみたいですぜ」

「そんな様子だねぇ。高飛びするときはこの街道を使うと決めて、備えをしてあったんだろうね」

お沙夜は弁蔵と惣兵衛を遠目に見ながら考えた。辺りに人気はない。二人を襲って捕らえるには、お誂《あつら》え向きだ。左内が居れば心強いが、あの二人だけならお沙夜と彦次郎でも片付けられる。やろう、と決めたお沙夜は、彦次郎に目配せした。彦次郎が黙って頷き、二人は左右に分かれてそっと弁蔵たちに近付いた。

そのときである。惣兵衛が、こちらを見ないままで言った。

「ご苦労だね、あんたらも」

お沙夜と彦次郎は、ぎくっとして足を止めた。弁蔵もゆっくりと立ち上がり、こちらを向いた。

「見張られてるのは、わかってたぜ。だからここまで、ついて来てもらったんだ」

弁蔵は、ニヤリと口元に笑みを浮かべた。惣兵衛もお沙夜たちに顔を向け、嬉しそうに笑うと、背後へ向かって「先生方」と呼ばわった。茂みの奥で、三つの人影が立ち上がった。いずれも、浪人者らしい二本差しだ。

「用心棒に待ち伏せさせてやがったか」

彦次郎が顔を顰め、舌打ちした。

「ここに埋めた金を取りに来た、とあんたらには見えただろう。悪いが、そんなものはない。掘り返す真似をしただけだ。この場所にあんたらをおびき寄せるためにな」

惣兵衛が、横柄に言った。一度は手ひどく嵌められた相手を、罠に嵌め返すことができたのだ。してやったり、という満足が顔に表れている。

三人の浪人は、お沙夜たちを外から囲むように立った。一人は髭面《ひげづら》で頬に傷跡のある男、一人は目付きの暗い陰険そうな男、もう一人は派手な着物に赤鞘《あかざや》の刀を差した、にやついた男。皆、一癖も二癖もありそうな面構えだった。

「言っとくが、そのお三方は道場破りで鳴らしたお人でな、雇うには結構な金がかかってるんだ。お前さんたちじゃ、相手にならんよ」

惣兵衛は、馬鹿にしたように言い放った。ここでお沙夜たちを始末し、悠々と高飛びしようという肚だ。

「それにしても、大した仕掛けだった。やられたのが自分でなければ、惚れ惚れすると言いたいところだ」

「お褒めに与りまして、どうも」

お沙夜は肩を竦め、周りに目を走らせた。三人の浪人以外の仕掛けは、ないようだ。だが、二本の大木の間に、下草が生えていない部分を見つけた。薄く土が盛り上がっているようで、最近掘り起こしてまた埋めた、という感じであった。

「ああ、そういうこと……」

お沙夜の呟きが、弁蔵の耳に入ったようだ。

「おい、何だそういうことって」

「あんた、仁伍を始末したね」

お沙夜は今見つけた場所に、顎をしゃくった。弁蔵の眉が上がった。

「間島新左エ門を殺ったのは、仁伍かい。あんたかい」

それを聞いた弁蔵が、また笑う。

「俺だよ。仁伍って奴ァ、見てくれがちょっといいだけで、頭も度胸もろくにねえ。

なのに親分風を吹かしやがって。新左エ門のときも、せっかく奴をおびき出したのに、いざとなるとびびっちまって、なかなか匕首が出せねえ。俺が匕首を奪って、代わりに刺してやったのさ」

「仁伍は、その後どうしたの」

「八丁堀が奴に目を付けそうになってた。仁伍は締め上げたら、あっさり吐いちまいそうでよ、新左エ門同様、口を塞がねえとな。で、高飛びしろ、俺が埋めて隠してある金を渡すから、と言ってここへ連れて来た。で、今はあんたが見つけた通り、そこの木の下で静かにしてるってわけだ」

「その辺にしておけ」

惣兵衛が、苛立ちを見せて弁蔵を止めた。弁蔵は肩を竦め、一歩下がった。

「あんたの指図だったんだろ」

お沙夜がねめつけると、惣兵衛はためらいもせずに言った。

「ああ。菊乃家の不手際で、愛想が尽きたよ」

「菊乃家の二人を首吊りに見せかけたのも、弁蔵、あんたと仁伍だね」

名指しされ、弁蔵はまた喋り出した。自分の仕事を自慢したいかのようだ。惣兵衛は勝手にしろというように横を向いた。

「そうだ。仁伍の奴、近所でわざと盗人騒ぎを起こし、お調べと称して調理場へ入り込み、フグ毒を出汁か何かに混ぜたまでは良かったんだが、それをあの店の倅に見られちまった。でなきゃ、あんな殺しなんざ無用だったのによ」

弁蔵は、馬鹿馬鹿しいというように首を振った。

「揚句に、倅を殺してからあの女将に欲情しやがって。気絶させてから手籠めにするなんざ、大馬鹿としか言いようがねえ。倅と心中するときに男とやる女が居るかい。けど、そのまま絞めたんじゃ、誰が見てもすぐ殺しだとわかる。仕方ねえんで、膝が震えてる仁伍を急き立てて、初めの考え通り、吊るしたんだ」

「あんたが、仁伍を始末するよう一文字屋に勧めたのかい」

「勧めるまでもなく、旦那の考えさ。で、俺が後釜になって、たっぷり儲けさせてもらうはずだった。それがどうだ。せっかく手に入れた俺の金づるを、潰しちまいやがって」

その言葉に、惣兵衛はあからさまに不快な表情をした。弁蔵は構う様子はない。

「けどあんたも、今までにだいぶ貰ってるだろ。仁伍が貯め込んでた金も、どうせ横取りしたんじゃないのかい」

「ふん、仁伍は金を貯められる奴じゃねえ。女と博打で、すっかりすっちまってたよ」

弁蔵は、鼻で嗤った。

「で、一文字屋さん。あんたはどこに隠れてたの」

惣兵衛はじろりとお沙夜を睨んだが、問いには答えた。

「下谷に、目立たない小さな公事宿《くじやど》がある。何かあったときには、七日や十日は潜んでいられそうだと、前から目を付けておいたんだ。思った通りだったよ」

「そうか。そこで高飛びの用意を整え、そっちの先生方を雇い入れて、昨夜、弁蔵に繋ぎを付けたんだね」

「弁蔵が見張られているのは承知していたからな。弁蔵を動かせば、あんたらが出て来る。そこで、こういうお迎えの段取りをして、お越しをいただいたというわけだ。できれば九千両の在り処《あか》も聞きたいところだが、それは簡単にはいくまいな」

「当たり前だ。どのみち、お前たちにゃ取りに行けねえよ」

彦次郎が、嘲るように言った。

「まあいいさ。九千両、また他所で稼ぐ。そういう才はあるつもりだ」

　惣兵衛も、嘲笑を返した。

「さて、喋り過ぎたな。もういいだろう。あんたらは、仁伍と並んでここで眠ってもらう」

　惣兵衛が言うと、弁蔵は浪人たちに目で合図した。三人の浪人は刀に手をかけ、一歩踏み込んだ。

「ああ、そうだ。女は斬らねえでおくんなさいよ。こんないい女なんだ。たっぷり楽しんでから始末しましょうや」

　弁蔵はお沙夜を見ながら、ニタニタと笑っている。浪人の中で最も腕の立ちそうな髭面の男が、弁蔵の方に侮蔑《ぶべつ》のこもった視線を投げた。が、それも束の間で、その浪人は彦次郎の方を向くと、すっと刀を抜いた。彦次郎は体を引き、懐に手を入れた。匕首で相手するつもりだ。

　まずい、とお沙夜は思った。彦次郎は喧嘩となれば人に後れは取らないが、刀を抜いた侍とやり合ったのでは勝ち目は薄い。浪人の身ごなしと構えを見れば、惣兵衛が言った通り、腕もそこそこ立つようだ。

髭面の浪人が刀を振り上げた。彦次郎が、さっと匕首を顔の前に構える。浪人は、匕首など構わぬと見切ったか、踏み込んで彦次郎の肩口に斬りつけた。

お沙夜は、一瞬で動いた。三味線に仕込んだ長ドスを抜き放ち、そのまま一気に浪人の刀へ打ち込んだ。

火花が飛び、刀を逸らされた浪人は、体勢を崩して一歩横へ退いた。顔に驚きを浮かべ、お沙夜の長ドスに目を向ける。が、すぐさま立ち直ると、今度はお沙夜の方を向いて刀を構え直した。

「ほう、仕込みか」

髭面の浪人は少し感心したような表情になり、仲間に小さく顎をしゃくった。後の二人はそれを見て刀を抜くと、お沙夜を三方から囲むように動いた。

「彦さん、どいてな」

三味線を下ろし、長ドスを構えて浪人たちの方を睨んだまま、お沙夜が言った。

「しかし、姐さん……」

「いいからどきな。邪魔だよ」

彦次郎は言葉を呑み込み、お沙夜の言う通り後ろに退いた。

「こいつは、ちょいと面白くなってきたぜ」

赤鞘の浪人が、ニヤリと下品な笑みを浮かべた。

「別嬪で気の強い女ってのは、嫌いじゃねえな」

赤鞘は、一歩前に出た。お沙夜が一歩、下がる。赤鞘は、笑みを消さずに刀を振るった。袈裟懸けに斬り込むところを、長ドスで払う。赤鞘が体を入れ替えるのを横から斬ろうとしたとき、痩せた陰険そうな浪人が反対側から斬りかかった。お沙夜は寸前に身を翻し、長ドスを振るった。痩せ男の刀が跳ね上がる。長ドスが横に流れ、痩せ男の腹を掠めた。

もう一撃、と思ったところに髭面の刀が打ちおろされる。横に跳んで避《よ》けたが、着物の右袖に裂け目が入った。髭面の刀と長ドスが打ち合い、さっと退いた。お沙夜と浪人たちは、元の構えに戻った。

「やるな、この女」

痩せた浪人が、ぼそっと言う。赤鞘の浪人は、まだ笑みを残しているが、さっきよりも強張っていた。

「おい、女は斬るなと言っていたが、そうもいかんな。どうしても抱きたいなら、殺してからにしろ」

赤鞘が弁蔵に言った。弁蔵は、がっかりしたように顔を歪めた。

お沙夜は気を張り詰めたまま、浪人たちを見据えている。このままでは危ない、と思った。浪人一人なら、どうということはない。二人でも、何とかあしらえるだろう、だが三人となると、さすがに分が悪かった。

お沙夜は、ゆっくりと後ずさった。惣兵衛が、見世物を楽しむような目で、こちらを見ている。ちらりと後ろに目をやった。彦次郎は匕首を持ってすぐ後に控えている。お沙夜が危なくなったら、すぐにも飛び込む構えだ。だが、そんなことをすれば彦次郎の命はない。何とか彦次郎だけでも逃がすことはできないか……。どう仕掛けよう。左か、右か。そう考えていたとき、声が聞こえた。

「ようお沙夜さん、こういう仕事は俺に任せろって、いつも言ってるじゃないか」

「鏑木さん！　遅いじゃねえですか」

ほっとしたらしい彦次郎が、大声で恨み言を言った。

「いや、済まん済まん。用心棒を頼まれてる岡場所で、揉め事があってな。一晩中、足止めを食ってたんだ」

街道側の大木の陰から姿を現した左内は、手で拝む仕草をした。

「岡場所ですか。そりゃあ、色気のあるお話で、結構でしたねえ」

左内の姿を確かめたお沙夜は、浪人たちの方へ顔を戻してから嫌味っぽく言った。本当は座り込みそうになるほど安堵したのだが、そんな弱みを出すつもりはない。

「そう言うなよ。色気どころか、血の雨が降る寸前だったんだぜ。まあ、こっちもだいぶ剣呑なようだが」

そう言いながら左内は、お沙夜と浪人たちが睨み合う中へ、悠然と歩み入った。

「何だ貴様は。この女の仲間か」

赤鞘が、凄むように言った。左内は平然と答えた。

「ああ、そうともさ。見りゃわかるだろう」

それから、苦笑するようにこちらを見つめる惣兵衛に気付き、手を上げた。

「よう、一文字屋。しばらくだなあ」

「これは等々力様。先日は、えらくお世話になりましたな」

惣兵衛の口元には笑みが浮かんだが、目は怒りに燃えていた。

「わざわざお越しいただけるとは、恐縮です。あんたも一緒に、ここでこの世から消えてもらいましょう」

惣兵衛の言葉を聞いて、まず髭面が前に出た。お沙夜のことは他の二人に任せて左内と向き合う位置に立つと、自信の面持ちで正眼に構えた。

一方、左内は微動だにしない。刀の鯉口は切ってあるが、両手を下ろしたまま、じっと髭面と向き合っている。髭面の顔つきが変わった。左内の腕が、容易ならぬものと気付いたのだろう。間合いを測りながら、じりじりと詰め寄る。左内は、まだ動かない。

髭面の眉が動いた。と同時に左内の目が光った。髭面の足が地面を蹴る。抜き打ちにした左内の刀が、奔《はし》った。髭面は、胴の中程を水平に薙《な》ぎ払われ、束の間、動きを止めた。腹の半分までを割かれた髭面は、信じられないといった表情でこぼれる腸《はらわた》を押さえようとしたが、そのまま前のめりに倒れた。

お沙夜に対峙していた痩せ男が振り向き、雄叫《おたけ》びとも悲鳴ともつかぬ声を上げた。痩せ男は刀を上段に構えると、左内に斬りかかった。左内は瞬きする間に動き、痩せ男の左肩から胴を袈裟懸けに斬った。傷口からどっと血が噴き出す。痩せ男の浪人はそのまま声もなく、地面に落ちた。

残った赤鞘は、真っ向から左内に向かおうとはしなかった。歴然たる腕の差を目にしたからだ。代わりに、お沙夜に駆け寄った。まずお沙夜を斬り、左内を動揺させてその隙を狙う、というつもりだったのだろう。だが、そうはいかなかった。お沙夜は赤鞘の切っ先を難なくかわすと、瞬時の動きでその首筋を後ろから刺し貫いた。

実に呆気なかった。赤鞘の両膝が折れ、お沙夜が崩れ落ちるその首から長ドスを抜く。赤鞘は、地面につく前に絶命していた。

「生憎《あいにく》だったね、一文字屋さん」

お沙夜は血の滴る長ドスを下げたまま、惣兵衛に近付いた。

「おびき寄せたつもりだったろうけど、こっちもそれなりに読んでたよ。弁蔵に繋ぎをとった以上、あんたも穴から這《は》い出してくるのはわかってたからね。用心棒を三人も雇ってるとは知らなかったから、ちょいと手間がかかったけど」

「そ、その仕込み……」

横から弁蔵が言った。声に震えがあるようだ。お沙夜の長ドスとその柄の桔梗を、呆然としたように見つめている。

「黒桔梗……噂に聞いたことがある。黒桔梗を拝んで生き延びた奴はいねえ、と。あ……あんたがそうなのか」

お沙夜は、小さく笑みを浮かべた。

「ここに彫られた桔梗の花弁、季節が変わっても散りはしない。ましてあんたら如きに、散らされる花弁じゃない」

「黒桔梗……？」

惣兵衛はその名を知らないらしい。が、目の前で用心棒があっさり斬り倒されるのを見て、さっきまでの威勢はどこかに飛び、縮み上がっている。

「まさか……あんたが……あんたが頭目だったのか」

惣兵衛は呆然としながらお沙夜を見た。お沙夜は、軽く頷いて微笑みを返した。

「待て。わかった。残りの金もやる。二百五十両、ここにある。これで全部だ。一文字屋の身代はこれで……」

「それはどうでもいいよ。九千両もいただいたからね」

お沙夜は笑い、見下すように惣兵衛を睨んだ。

「菊乃家のお葉さんと永助さんだけじゃない。あんたに嵌められて首を吊ったお人が、少なくとも二人居るね。あんた、金儲けの才があると言ったけど、あんたの金は人を騙し、踏みつけにすることで稼いだものだ。そんなのは、才とは言わないよ」

惣兵衛の唇が歪んだ。

「これから他所で稼ぐとも言ったね。どこか他所の土地で、また不幸な目に遭わせる人を探そうって魂胆かい。そんなこと、させるわけにはいかないねえ」

惣兵衛は蒼白になった。やにわに腰の脇差を抜いて振り上げ、奇声を上げると、お沙夜と左内の間へ飛び出した。脇差を振るえば、お沙夜が身を引く隙に通り抜けられるとでも、思ったのだろう。

お沙夜はすっと脇に避け、代わりに、左内が刀を一閃《いっせん》させた。惣兵衛の首筋がぱっくりと裂け、勢いよく血が噴き出した。惣兵衛はたたらを踏むように二、三歩進むと、そのまま俯《うつぶ》せに倒れ込み、びくんと一度痙攣して、それきり息絶えた。

「菊乃家の恨み、しかと届けたぞ」

左内は惣兵衛の亡骸にそう言葉を投げると、刀を振って鞘に納めた。

弁蔵はよろよろと近付いて来ると、お沙夜の前に膝をついた。

「た、助けてくれ。確かに俺は……い、いや、菊乃家の二人を殺るのに手を貸したのは確かだが、命じたのは一文字屋だ。俺は自分からは何も……だ、だから命だけは」

弁蔵は俯き、縋《すが》るように繰り返した。

「さあ、どうしたものか……」

お沙夜が呟いた。そのとき、弁蔵の顔がさっと上がった。間髪を容れずにお沙夜の手が動き、黒桔梗の長ドスを弁蔵の喉に突きたてた。

弁蔵は口を半開きにしたまま、呆然としていた。その右手は、懐から出そうとした匕首の柄を握っている。命乞いをして気を逸らしている隙に、下からお沙夜を刺そうとしたのだ。

「馬鹿だねえ。それも読んでたよ」

弁蔵の口から大量の血が流れだし、目から生気が消えた。

「散らずの黒桔梗、とくと味わって逝《い》きな」

お沙夜は最後にそう言うと、弁蔵の胸を足で押し、長ドスを引き抜いた。弁蔵は仰向けに倒れ、動かなくなった。

二

大川から吹いてくる微風が、心地よく頰を撫でていく。もう仲秋ながら、この軒先に風鈴でも吊るせば、また興趣も深まろうにとお沙夜は思う。

「ふむ、いい風だ。こうして酒を味わうに、ちょうどいい具合だ」

本所尾上町《おのえちょう》の川べりに建つ料理屋の二階座敷で、窓際に座った良斎が、勿体ぶった顔で言った。

「ほんにそうですねえ。ささ、先生、もう一杯」

お沙夜は膝を寄せ、手にした徳利から良斎の盃に酒を注いだ。

「先生、いいんですかい。日も高えうちから、お医者がそんなに飲んじまって」

彦次郎が揶揄するように言うと、良斎は鼻を鳴らした。

「酒は百薬の長、という言葉を知らんのか。世事に煩《わずら》わされず、こころ乱すことなく酒を楽しむ。唐土《もろこし》の先人は、これを酒仙と称し尊ぶ」

「何を言ってるのかよくわかりやせんが、酔っ払って病人を診るのだけはやめて下せえ」

「儂がそんなことをすると思うか。いや、酒などで目が曇ると思うか」

「知り合いで、素面で釘が打てるか、って大工が居やすがね」

「それと一緒にするな。だいたい、これほどの美人が酌をしてくれておるんだ。断っては罰が当たる」

「まあ、恐れ入ります」

お沙夜が笑い、彦次郎はやれやれと首を振った。

「一文字屋の調べは、まだ続いておるのか」

良斎がほんの少し真顔に戻って、聞いた。

「まだのようでございますね。御奉行所としては、食あたりのことはどうでもよく、一両菓子のために一文字屋に通っていたお金持ちの方々を、皆炙《あぶ》りだすおつもりのようです」

ふうん、と良斎は馬鹿にしたように唸る。

「奉行所も、そんなつまらぬことにかまけておって。やることはいくらでもあるだろう。奢侈を禁ずるのもいいが、所詮はいたちごっこ。人の好みは、御法などでは変えられん」

「先生、声が大きいです」

彦次郎が慌てたように言う。

「まあ、食あたりの調べに力を入れることはねえだろう、ってのはこっちの読み通りでしたが」

彦次郎はそう言って、良斎の顔色を窺った。良斎は知らぬ顔だ。

「まあ、心配はいらん。これだけ日にちが経ってしまえば、薬の痕跡など見つかることはない」

少し間を置いてから、良斎が言った。彦次郎とお沙夜が頷く。

「そもそも、一文字屋で菓子を買ってから、持って帰って腹下しの薬と一緒に食べたんですからねえ。一文字屋を調べても、何も出るはずがねえ」

「読売屋さんも、上手でしたねえ。食あたりにやられたのは貧乏人で、その一方、金持ちはこんないいものを食べてる、なんて比べて並べるやり方は、さすがです。あれで世間様の一文字屋への怒りに火が付いたんですから」

「とはいえ、仕組んだことは長続きせん。主人の惣兵衛が逃げたと知れたときは大騒ぎだったが、店を閉めて五、六日もしたら、世間はすぐに忘れてしまった」

良斎は、斜に構えたように言った。

「おっしゃる通りですが、あっしらはそれで結構だ。さっさと忘れてもらった方がいい」

彦次郎がそう言いながら良斎の顔を見ると、良斎はそっぽを向いた。

「一文字屋はこれで潰れるだろうが、奉公人はどうなる」

良斎がふいに言った。彦次郎は、心配するまでもねえでしょう、と応じた。

「職人は腕がいいですからね。何せあの一両菓子を作ってたんだ。皮肉ですが、すぐに他の菓子屋から声がかかりまさぁ。丁稚も他の店で引き取るでしょう。手代や番頭は自分で何とかするしかないが、連中の何人かは、一文字屋が裏でいろいろやってたことを、薄々知ってたはずだ。同罪とまでは言わねえが、文句の言える筋合いでもねえんじゃねえですかい」

良斎は納得したのかどうか、鼻を鳴らして肩を竦めた。

「まあとにかく、これでひとまず片が付きました。先生、どうぞこちらを」

お沙夜は袱紗《ふくさ》に包んだものを出し、良斎の前に置いた。中に五十両、入っている。良斎はそれに目をやり、「ふむ」と再び肩を竦めると、包みを取って懐に入れた。

良斎の役割は、お沙夜の選んだ手下たちに腹下しの薬を渡し、用法を教えることと、それを飲んだ後に診察する恰好をして、食あたりと断じ、一文字屋にねじ込むことだった。医師としての道理を踏み外すようなことなので、頼むときはお沙夜も慎重になったが、菊乃家の一件を仕組んだ悪人の息の根を止めるため、との事情を話すと、良斎も否とは言わなかった。

「しかし、あんたたちも悪《わる》だな。いったい幾らせしめたんだ」

「あらあら、先生だって、一文字屋に乗り込んで、もっともらしいお顔で、お前の店のお菓子で食あたりになったのだ、と怒鳴り上げたのですから、なかなかのものでございますよ」

「ふん、それは全部、あんたが書いた筋書き通りにやっただけだぞ」

「はいはい、左様でございますとも。ほんに、ありがとうございました」

お沙夜は微笑み、空いた良斎の盃にまた酒を足した。

良斎について、その人となりは菊乃家で会ってすぐに、調べてあった。その上で、今度の仕掛けを頼んだのだ。おそらく良斎は引き受けるだろうこと、金を渡せば、受け取るに違いないこともわかっていた。そして良斎は決して言わないだろうが、その金が貧乏な病人にただで渡してやる薬を購《あがな》うために、使われるのだということも。


「一昨日、一文字屋と、仁伍と、手下の弁蔵の亡骸が見つかってな」

山野辺は、茶屋の奥にある板敷きに座って、腕組みをしながらお沙夜に言った。

「まあ、そうなんですか。どこで見つかりました」

「巣鴨の先にある、古い社の跡の杜《もり》だ。一文字屋と弁蔵は旅姿だったから、日光街道へ向かう途中だったんだろう。仁伍はそこに、埋められてた」

「まあ、恐ろしい」

お沙夜は身を震わせた。山野辺が済まなそうな顔をする。

「ぞっとさせちまったか。悪かった」

「いえ、そんな。私の方から、逃げた一文字屋さんと、新左エ門さん殺しのことはその後どうなったのか、って聞いたんですもの」

「そりゃあそうだが……ま、どうしても血なまぐさい話になっちまうんでな」

手弱女《たおやめ》に聞かせる話ではない、と気遣っているようだ。その手弱女こそ実は下手人だなどとは、かけらも思うまい。

「では、仁伍という人は、先に殺されていたんですか」

「ああ。十日以上は経ってた。あんなところに埋められていたなんて、一文字屋たちの亡骸が見つからなきゃ、絶対にわからなかったろうな」

あの杜で殺した三人の浪人の亡骸は、運び出して始末した。だが、惣兵衛と弁蔵の亡骸はわざとそのままにしたのだ。町方が辺りを調べて、埋められた仁伍を見つけられるように。

「いったい誰が殺したのでしょう」

「さて、それなんだが」

山野辺の声に張りが出た。自分の見立てには自信があり、それをお沙夜に披露したくてたまらなかったようだ。

「仁伍を殺したのは、弁蔵だ。おそらく一文字屋は、菊乃家の件で味噌を付けた仁伍が、邪魔になったに違いねえ。そこで裏稼業を抜けようとした新左エ門を口封じに殺させておいて、後で弁蔵に仁伍を始末させたんだ」

「では、一文字屋さんと弁蔵という人は誰に」

「一文字屋は、高飛びするに当たって浪人を三人も雇っていたんだ。何でそこまで用心したのかはよくわからんが」

「用心棒を雇って遠くへ逃げようとしたんですか。でも、用心棒はどうなったんです」

「一文字屋と弁蔵は、刀で殺されてた。それに、あの杜には他にも何か掘り出したような跡があった。てことは、だ。恐らく仁伍が裏稼業で稼いだ分け前を、そこに隠してたんだろう。つまり仁伍は、金の隠し場所へ行くとき弁蔵に尾けられ、その場で殺された。弁蔵は隠し金はひとまずそのままにし、一文字屋と高飛びする前に掘り出し、分けようとした。ところが、用心棒の浪人たちはそれを見て、雇い主を逆に殺し、隠し金と一文字屋たちの持っていた金を奪って逃げたってわけさ」

山野辺は一気にそれだけ話し、どうだとばかりにお沙夜の顔を見た。

「まあ凄い。よくそこまで、難しい一件を見抜かれましたね。さすがは山野辺様です」

お沙夜は、うっとりしたような表情を作り、山野辺の目をじっと見た。忽ち山野辺の頰に朱味がさす。

「い、いやなに、ちょいと頭を使ってみたんだ。まあ、同心部屋の連中も吟味与力様も、この見立てでほぼ間違いなかろう、と言ってくれてる」

ならば、奉行所全体がお沙夜たちの仕掛けに嵌ってくれたわけだ。惣兵衛の持っていた二百五十両は、浪人が奪って逃げたと見せかけるため、お沙夜たちが取っておいた。思惑通り、とお沙夜はにんまりした。だが山野辺には、自分を讃える微笑みに見えたようだ。

「うん、後は三人の浪人者を捕らえれば一件落着だ。人相はわかっているが、とっくに江戸を出ちまってるからな。関八州に手配を回しても、捜し出すには時がかかるだろう」

未来永劫《えいごう》、見つかることはないでしょうね、とお沙夜は胸の内で舌を出す。山野辺は、一息ついて茶を啜り、皿に載っている葛饅頭を口にした。

「おや。おうい、親仁《おやじ》」

山野辺が呼ばわると、店主の老人が顔を出した。

「へい、旦那、何か」

「この葛饅頭、味が変わったな。前はもっとこう、甘味が強かったような」

「ああ、左様です。前は一文字屋さんから入れてたんですが、あんなことになったもんで、今は他の店から。正直申しますと、少しばかり味は落ちてます」

「なのに値はそのままか」

「申し訳ございません」

店主は頭を下げ、山野辺は舌打ちした。お沙夜は皿に残った葛饅頭に目を落とし、あの見事な葛饅頭を二度と味わえないのが、唯一残念だな、と思った。

三

三日ほど後の昼時。お沙夜は、深川北松代町《きたまつしろちょう》にある料理屋の二階に居た。味は悪くないとの評判だが、さほど大きくもなく、地味で目立たない。だが、その座敷に集まっている五人ばかりの客は、店に似つかわしくない裕福そうな面々だった。

「ささ、師匠、こちらへ。一杯だけ、注がせて下さい」

床の間を背にした、茶問屋の遠州屋が、満面の笑みを浮かべて徳利を上げた。謡いを終えたばかりのお沙夜は、「まあ恐れ入ります」とゆっくり遠州屋の前に進み、盃を受けた。

「文字菊師匠の三味とそのお声、初めて聴かせていただきましたが、誠にお見事。惚れ惚れいたしますなあ」

「いや、その通り。私も初めて聴いたときには、ぞくりとするほど感激いたしました」

その場に居並び、次々にお沙夜を褒めそやす客たちは、遠州屋を始め、いずれも名だたる大店の主人かご隠居だ。今日はお沙夜を招いてその謡いを楽しむ会を催したのだが、一文字屋の一件で奢侈に対する役人の目がまた厳しくなる、と感じ、あまり目立たない店を選んだのだ。

「拝見していますと、こう、盃を受けられる所作もまた、雅《みやび》と申しますか……」

太物商の坂井屋《さかいや》が、目を細めて言った。

「ええ、いかにも左様ですが、師匠の立ち居振る舞いには、やはり艶やかさが光ります」

負けじと、廻船問屋の青海屋《せいかいや》が口を出す。この客たちは、いずれもがお沙夜の気を引こうと競い合っていた。吉原の太夫を張り合うのと同じだ、とお沙夜は少し醒めた目で見ている。金持ち連中は、これを粋だと思っているのだろう。

「それにしても、房州屋さんは大変ですなあ」

両替商の松田屋《まつだや》が、やや不用意に漏らした。一瞬、座が白ける。

「いやまあ、一文字屋さんに関わったと言っても、例の一両菓子を味わっただけです。過料で済むでしょう。もしかすると手鎖《てぐさり》もあるかもしれませんが」

遠州屋が、後を引き取って収めた。一同が、まあそんなところか、と頷く。この座敷の者たちは同情するような顔をしているが、皆、自分が引っ掛からなくてよかった、というのが本音だろう。

(確かに房州屋さんは気の毒だけど)

房州屋は、お沙夜たちの企みに巻き込まれて、とばっちりを受けたようなものだ。とは言え、金持ちたちは、誰しも隠れた贅沢を楽しんでいる。房州屋については、これでお沙夜の弟子の席が一つ空いた、と手を叩いている者も居るはずだ。

(みんな、同じ穴の狢《むじな》か)

お沙夜は腹の内で嗤いながら、順にお返しの酌をして回った。

旦那衆に送られて、店を出た。旦那衆はそれぞれに駕籠を用意しており、お沙夜にも駕籠を呼びましょうと言ってくれたのだが、川風を楽しんで歩いてまいります、と礼だけ述べて遠慮した。

すぐ横を流れる竪川は、両岸に道がある。旦那衆の駕籠は、北側の広い通りを行った。お沙夜は店の傍にかかる四ツ目之橋《よつめのばし》を渡り、南側の道に出た。この辺りは、武家屋敷の外れに畑なども広がるのどかな場所で、少し南には堀を巡らせた広大な御材木蔵がある。お沙夜は言った通り、穏やかな川風に吹かれながら、両国橋の方へと歩いた。神田仲町までは一里と少し。半刻余りの道のりだ。

四ツ目之橋から二町も行かないうちに、脇から出てきた二人の侍が、お沙夜の行く手を塞いだ。はっとして足を止め、侍の顔を見据える。いずれも三十前後、どこかの家中の者だ。心当たりはなかった。

「神田の、文字菊師匠とお見受けするが」

侍の一人が言った。口調は丁寧だ。

「はい、左様でございますが」

「済まぬが、少しの間、我が殿と同席してもらえぬか」

「はい？　どういうことでございましょう」

座敷に出て、三味線を弾けということか。いや、そうではあるまい。

「あちらでお待ちじゃ」

侍は、目で川を示した。見ると、一艘の屋形舟が岸辺につけられている。

「こちらへ」

もう一人の侍が、手で渡り板を指す。お沙夜はどうしたものかと考えた。通りを歩いている者は幾人も居るが、侍たちは特に気にしていないようだ。荒事を仕掛けるつもりはないらしい。それに、二人からは殺気がまるで感じられなかった。

「承知いたしました」

お沙夜は侍に案内されるまま、舟に乗った。侍は膝をつき、「参りました」と屋形の障子越しに声をかけた。

「うむ。中へ」

答える声がし、侍が障子を開けた。

畳敷きの屋形の中には、身分の高そうな侍が一人、膳を前に座っていた。手前にもう一つ置かれた膳と座布団は、お沙夜のためのものだろう。

「やあ、無理を言って済まなかった。そちらへ座ってくれ」

侍は笑みを浮かべ、手招きした。年の頃は三十四、五というところか。着ている羽織は、かなり質の良いものだ。倦《う》んだ様子がなく、顔色は生気に満ちている。どうやら、この侍の過ごしている日々は、かなり順調のようだ。

「では、失礼をいたします」

お沙夜は両手をついて一礼してから、勧められるまま膳の前に座った。

「昼餉の会が終わったばかりのようだからな、酒と、肴を少しだけ用意した。まあ、楽にしてくれ」

やはりこちらの動きを見て、待っていたのだ。だが、何のために。

「恐れ入ります、大和守《やまとのかみ》様」

侍の目が、見開かれた。

「知っておったか」

「たった今ですが」

お沙夜の視線が自分の羽織の紋に向けられているのに気付き、侍は苦笑した。

「この紋所だけでか」

「水野《みずの》様の水野沢瀉《おもだか》紋でございますね。後は、ご様子から」

「これは参った。さすがだな」

水野大和守忠成《ただあきら》は、面白そうに言うと後ろの障子を叩き、「出せ」と命じた。舟が揺れ、岸辺を離れて堅川を進み始めた。

「さて、大和守様ともあろうお方が、常磐津を生業《なりわい》とする下賤な女などに、改まって何用でございましょう」

忠成は水野の本家の当主である、前老中出羽守忠友《さきのろうじゅうでわのかみただとも》の養子で、現在は無役の帝鑑之間《ていかんのま》詰であるが、公方様の覚えもめでたく、家督相続の後はいずれ老中に、と噂される人物であった。普通なら、お沙夜が関われる相手ではない。

「下賤な女などと、心にもないことを」

忠成はまた苦笑した。お沙夜は徳利を持ち、身を乗り出して忠成に差し出した。

「ご無礼いたします」

「おう、これは済まん」

盃を満たすと、忠成は一気に干してから、お沙夜に盃を渡した。それを押戴き、返杯を受ける。

「越中守《えっちゅうのかみ》様と、時々会《お》うているようだが」

忠成が、ふいに言った。お沙夜は一瞬、徳利を持つ手を止めた。

「はい、少しご縁がございまして」

何でもない風に、お沙夜は答えた。越中守とは前老中首座、松平定信《まつだいらさだのぶ》のことで、やはり常磐津の師匠などが直に会える相手ではない。忠成は、何を知っているのか。定信の家中の誰かが、忠成に通じているのだろうか。

「縁、か。まあそれは、おいておこう」

忠成は、すぐに話を変えた。

「数日前、火盗改方の森山源五郎が、若年寄、堀田《ほった》摂津守《せっつのかみ》殿に呼び出されてな。こっぴどくお叱りを受けた」

火盗改方を含む御先手組は、若年寄の支配である。森山がその若年寄から叱責されたとすれば、お沙夜たちの一件に違いない。

「まあ、左様でございますか」

「町奉行所が、一文字屋惣兵衛という菓子屋に調べに入った。奢侈を禁ずる令に触れた疑いだ。主人は、調べを恐れて逃げたようだが、用心棒に雇った浪人に殺されたらしい」

「それは、恐ろしいことでございますね」

「この一文字屋、将軍家御用達の大店だが、裏でいろいろと悪事をやっていたらしい。ところが、調べが入る前にひどく大掛かりな詐欺にあって、悪事で貯め込んでいた金をごっそり奪われたんだそうだ」

「悪人が詐欺師に騙されたのでございますか」

「うむ。いい気味だと手を叩きたいところだが、その詐欺師、火盗改方を騙って一文字屋を罠に嵌めたらしい」

「火盗改に化けた、とおっしゃいますので」

「そうだ。こうなってくると、火盗改方も森山も、面目は丸潰れ。御上の御威光にも傷が付きかねん。森山は、何としてもこの詐欺の一味を捕らえるよう厳命された。森山は怒り心頭で、与力同心に早く手掛かりを見つけろと怒鳴り倒している」

忠成は淡々と語ったが、どこか面白がっているような調子が混ざっていた。

「では、遠からずお縄になりましょうか」

「無理だな」

忠成は、お沙夜が驚くほどあっさりと断じた。

「森山は堅物で、読み書きの才で認められた男だ。武辺の才は特になく、器用に立ち回ることも苦手。罪人を裁くにはまず身内から清めねば、と、少しでも不正の疑いのある者は御役御免にし、目明しなどを使うのも禁じた。決して悪いことではないが、私に言わせれば、物事の順序を間違えておる」

「つまり……森山様は、捕物には向いていないと」

「有り体《あ　てい》に申せば、そういうことだ。森山のような男が懸命になればなるほど、あの詐欺師のように恐ろしく頭の回る連中に翻弄されることになろう」

世間でも森山の評判は芳しくないが、忠成の口から聞くと、やはり場違いな人選だったようだ。忠成は、くくっと含み笑いをする。

「とにかくこの詐欺師ども、相当な手練れだ。鬼平が相手であったなら、面白い手合わせになったであろうな」

「大和守様は、詐欺の一味についてどうお考えでございましょう」

「一言で言えば、ただ者ではない」

「それだけでございますか」

お沙夜が驚いたように言うと、忠成はニヤリとする。

「何十人という手下を手足の如く使い、仕掛けだけで千両以上を費やした。これほどまでの仕事は、聞いたことがない。盗みなどを生業とする者どもには、考えの及ばぬ仕事だ」

「では、この一味は盗人とは違うと」

「そうだ。詐欺や盗みと言うより、知略を用いた合戦だな」

「それは穏やかではございませんね」

知略を用いた合戦か。お沙夜はその言い方が気に入った。だが同時に、油断ならないものを感じた。忠成は、物事の本質を見抜く目を持っているようだ。

「誰を相手の合戦でございましょう」

お沙夜は酌をしながら聞いた。その問いに忠成は答えず、微笑だけを浮かべた。

「ところで、一つ腑《ふ》に落ちぬことがある」

忠成は微笑を消して、話を変えた。

「どのようなことでございますか」

「なぜ、火盗改に化けるようなやり方をしたか、ということだ」

「それは、誰しもまさかと思って疑いもしないからでは。それが先ほどおっしゃいました、知略とやらではございませんか」

「いや、知略ならば他にやり方は幾らでもある。此度《こたび》の手口は、火盗改方に真正面から喧嘩を売った。下手をすると、幕府そのものを敵に回しかねないのだぞ。なぜ敢えてそんな危ない真似をする」

忠成の言う通り、火盗改方の怒りをかき立てないで済ませる方法は、幾らでもあった。それは、この企みを最初に話したとき、左内や彦次郎にも何度も言われたことであった。

「おっしゃる通りかもしれませんね……。大和守様のお考えは」

「この連中、或いは連中の頭領は、森山に含むところがあるのではないか」

お沙夜の眉が、微かに動いた。忠成は、気付いたろうか。

「森山様に何か恨みを持っていて、その意趣返しが今度の仕事だった、と言われるのですか」

忠成は、肩を竦めた。

「そうかもしれぬ、というだけだ。森山は越中守様の目にとまり、越中守様の御改革に大いに働いた。その際、いろいろと恨みを買うこともあったであろう。先に申したように、器用で人好きのする男ではないからな。森山の顔に泥を塗るのが目的の一つなら、まんまと成功したことになる」

「でも、森山様はお咎めも受けず、御役御免にもなりませんでしょう」

「大恥をかかせたことでよしとするぐらいの恨みだった、とすれば得心がいく。併せて、奢侈の禁令の不徹底を揶揄するような形で、幕府にもちくりと一刺しした。今度の一件に関しては、森山たちが世間に知られぬよう懸命になっているが、とっくに漏れていてな。快哉《かいさい》を叫ぶ町人たちも多いと聞く」

忠成は、そこで悪戯っぽい笑みを浮かべた。

「大きな声では言えぬが、私もいささか溜飲を下げた一人だ」

そう言えば忠成は、倹約を尊び暮らし向きを引き締め続ける現在の御政道を、快く思っていないとの噂があった。少なくとも、越中守定信はそう見ている。

細く開けられた障子から、土手の柳が見えた。舟は新辻橋《しんつじばし》で右に曲がった後、大《おお》横川《よこがわ》を北へと上っているようだ。このまま行けば、北十間川《きたじっけんがわ》に合流して大川に出る。

「大川へ出てから、両国まで送る。まだ時は充分ある」

忠成はお沙夜の様子を見て、心配要らぬというように言った。

「はい。それで大和守様、お考えはよくわかりましたが、私にこのような話をなさるのは、なぜでございましょう。それをまだ、伺ってはおりません」

お沙夜は正面から聞いた。忠成は微笑を返したが、言葉を探しているようだ。やがて盃を持ち上げたので、お沙夜がすぐに酒を注いだ。それを干してから、忠成は障子の外に目をやった。お沙夜は黙って待つ。少し経って、忠成は口を開いた。

「七年……いや、八年ほど前になるかな。越中守様の御改革が始まって、間もなくだ。さる大身旗本の家が、断絶になった。あの頃は、田沼主殿頭《たぬまとのものかみ》に繋がる者が、大勢御役を追われたが、その旗本もそうだったはずだ。何があって御家の断絶まで進んだか、それは私も知らぬ」

忠成は、反応を窺うように言葉を切り、お沙夜を見た。お沙夜は黙って見返す。

忠成は先を続けた。

「その旗本家には姫が居たが、婿取りは許されず、親類預かりとなったそうだ。だが、聞くところによると、一年足らずで消息がわからなくなっている。それ以外にも、家中の者が何人か、行方知れずになったらしい」

「さて……大和守様、何がおっしゃりたいのでございましょう」

お沙夜は何ら動揺を見せることなく、問い返した。

「さてな、私にもよくわからん」

忠成は、首を傾げて苦笑した。

「だが、越中守様はこの顚末をご存知のはずだ。なぜそうなったのか、という事情も」

お沙夜は、ふふっと笑った。

「まるで私が、その姫ででもあるかのような。越中守様と度々お会いしているのは、その御旗本家に関わることで、と、そうお思いなのでございますか」

「さあ、どうなのだろうな」

忠成は、困ったように扇子で首筋を打った。

「もしそうであるなら、越中守様と会って何を話しているのか。そもそも、越中守様はその姫にとって、敵なのか味方なのか。緞帳《どんちょう》を下ろしたまま、芝居を見ているようなものだ」

「大和守様は、何をなさろうとしているのです」

そう聞くと、忠成は驚いたような顔になった。

「私が？　いや、何もせんよ」

「では……」

なぜ八年前の話にこだわるのか。そう聞こうとするのを遮り、忠成は言った。

「ただ、知っておきたいだけだ。今は」

そうか。今の言い方で、はっきりわかった。忠成は、いずれ定信の改革を白紙に戻すつもりだ。それに備え、今は雌伏する。ただし、定信の周辺で起きていることは、全て摑んでおく。いつか自身が幕政を握る日のために。

「改めて、これだけは言っておく。私は、そなたの敵ではない」

忠成は、お沙夜を真っ直ぐ見つめ、言った。お沙夜は、微笑みで受け流した。

「敵ではない、などと。三万石の若殿様が、常磐津の師匠風情におっしゃるお言葉ではございません」

「そうか。そうだな」

忠成は笑って頷いた。

「で、一文字屋からせしめた九千両、どうした。今までの稼ぎを合わせれば、大した額になるであろう。どう使うつもりだ」

「まあ。そんな野暮なこと、お聞きになりますか」

お沙夜が目を見張ると、忠成はまた笑った。

「野暮と言われては仕方がない。まあ、いいさ」

舟が少し揺れ、大きく左へ回り込むのを感じた。大川に出たらしい。忠成もちらと障子の外を覗き、それを確かめた。

「吾妻橋が見えてきたようだ。私の話は、このあたりで終いだ」

「はい」

お沙夜は頷き、忠成の盃を満たした。さて、忠成はこれから、どう動くつもりだろう。どんな手を使ったか、こちらのしてきたことは摑んだようだ。それを奉行所に伝える気はなさそうだし、まして森山に教えることはあるまい。そうされたとしても、幾重にも備えはしてあるが。

(まあ、成り行きに任せてみよう)

お沙夜は腹を括った。今のところ敵なのか味方なのかわからない男だが、これからも関わってくるのは間違いなさそうだ。ならば、付き合い方を考えればよい。忠成は野暮天でも無粋でもない。案外、面白いことになるかも。お沙夜はそんなことを思った。

「ところで、せっかく三味線もあるのだ。一曲、所望してもよいか」

忠成は、そんなことを言い出した。照れ笑いのようなものが、顔に浮かんでいる。お沙夜はふっと笑った。常磐津は本業だ。否やはない。

「もちろんでございます。では、お耳を汚《けが》させていただきましょう」

お沙夜は脇に置いた三味線を持ち、膝に載せた。忠成が期待の面持ちで、こちらを見ている。お沙夜の撥が、動いた。

「冬編み笠の赤張りて　紙衣《かみこ》の火打ち膝の皿　風吹き凌ぐ忍び草　忍とすれど往時《いにしへ》の……」

「夕霧《ゆうぎり》」を謡うお沙夜の澄んだ声が障子を通り抜け、風に乗って大川の川面《かわも》を流れていく。

この作品は書き下ろしです。

幻冬舎文庫

●好評既刊
潔白
青木 俊

既に死刑執行済みの母娘惨殺事件について再審が請求される。司法の威信を賭けて再審潰しにかかる検察と、真実を追い求める被告の娘。「権力vs.個人」の攻防を迫真のリアリティで描くミステリ。

●好評既刊
果鋭
黒川博行

元刑事の名コンビ、堀内と伊達がマトにかけたのはパチンコ業界だ。二十兆円規模の市場、警察、極道との癒着、不正な出玉操作……。我欲にまみれた業界の闇に切り込む、著者渾身の最高傑作！

●好評既刊
国家とハイエナ(上)(下)
黒木 亮

破綻国家の国債を買い叩き、合法的手段で高額のリターンを得る「ハイエナ・ファンド」。日本ではほとんど報道されないその実態や激烈な金融バトルを、綿密な取材をもとに描ききった話題作！

●好評既刊
ワルツを踊ろう
中山七里

金も仕事も住処も失い、元エリート・溝端は20年ぶりに故郷に帰る。美味い空気と水、豊かなスローライフを思い描く彼を待ち受けていたのは、携帯の電波は圏外、住民は曲者ぞろいの限界集落。

●好評既刊
悪魔を憐れむ
西澤保彦

老教師の自殺の謎を匠千暁が追い、真犯人から〈悪魔の口上〉を引き出す表題作と「無間呪縛」「意匠の切断」「死は天秤にかけられて」の珠玉の本格ミステリ四篇を収録。読み応えたっぷりの連作集。

花伏《はなふ》せて

江戸《えど》の闇風《やみかぜ》 二

山本巧次《やまもとこうじ》

令和2年2月10日　初版発行

発行人――――石原正康
編集人――――高部真人
発行所――――株式会社幻冬舎
〒151-0051東京都渋谷区千駄ヶ谷4-9-7
電話　03(5411)6222(営業)
　　　03(5411)6211(編集)
　　振替00120-8-767643
印刷・製本―中央精版印刷株式会社
装丁者――――高橋雅之

幻冬舎時代小説文庫

ISBN978-4-344-42957-4　C0193　や-42-2

幻冬舎ホームページアドレス　https://www.gentosha.co.jp/
この本に関するご意見・ご感想をメールでお寄せいただく場合は、
comment@gentosha.co.jpまで。